On trouve chez les mêmes Libraires la Caisse
DES ÉPARGNES DU PEUPLE.

AVERTISSEMENT.

Le titre de cet ouvrage annonce qu'il intéresse l'humanité. On y démontre la possibilité de faire pour elle plus que des vœux. Aux preuves qui convaincront les géomètres, on a joint celles qui doivent entraîner le reste des hommes : le bien qui s'est fait est pour tout le monde une preuve du bien qui peut se faire ; et les caisses des veuves qui sont exécutées dans quelques pays, prouvent qu'en toute autre contrée, le même amour de l'humanité procureroit les mêmes secours.

CAPTIVITÉ

DE LA FAYETTE.

HÉROÏDE.

CAPTIVITÉ
DE LA FAYETTE.
HÉROÏDE,
AVEC FIGURES,

Et des Notes historiques, non encore connues du Public, sur les Illustres Prisonniers d'OLMUTZ, en Moravie.

PAR CHARLES D'AGRAIN.

Non tamen adeò virtutum sterile sœculum, ut non et bona exempla prodiderit. Comitatæ profugos liberos matres, secutæ maritos in exlia conjuges, propinqui audentes, constantes generi, contumax, etiam adversus tormenta, servorum fides. Supremæ clarorum virorum necessitates, ipsa necessitas fortiter tolerata et laudatis antiquorum mortibus pares exitus. . . . . Et quid in ultimum libertate esset.

TACIT.

A Paris, chez COCHERIS, Imprimeur-Libraire, cloître Saint-Benoît, n°. 352, Section des Thermes.

AN CINQUIÈME DE LA RÉPUBLIQUE. (1797, *vieux style*.)

A MA PATRIE.

C'EST à vous, ma patrie, qu'un de vos enfans bannis offre, en tremblant, le faible hommage de ses premiers travaux, et porte avec une fierté modeste la cause de l'innocence opprimée. Ce n'est point un plaidoyer, c'est la peinture incorrecte et sentimentale d'une atroce iniquité, sur laquelle il suffit que vos regards s'arrêtent pour la voir finir.

Un autre, sans doute, avec plus d'art et de talent, trouverait, pour défendre cette cause, des armes puissantes dans une logique saine, et dans une série de raisonnemens irrésistibles. Pour moi, je suis trop vivement ému pour analyser mes pensées; la justice et l'humanité m'ont seules inspiré. L'on aurait pu mieux discourir, mais jamais mieux sentir que celui qui partagea les opinions, et une trop faible partie des malheurs de son héros. Si la philosophie est le flambeau de la raison, le sentiment est la lumière de l'âme. Un de ses traits nous instruit mieux que de longues et froides observations. La philosophie, avec peine et lenteur, discourt sur une idée, le sentiment est un éclair qui la saisit. S'il faut des volumes à la philosophie, un seul mot du sentiment est volumineux.

C'est lui qui, dans ce moment embrâsant mon âme, m'invite, ô ma patrie, à tâcher d'émouvoir votre sensibilité puissante, et d'appeler votre justice sur trois des premiers fondateurs de votre liberté, *exempts du reproche de n'avoir pas assez favorisé l'anarchie, qui en est l'écueil*....... et dans lesquels le despotisme se plaît à vous outrager, parce que vous avez oublié de les redemander à coups de canon.

Il fut un tems où, prononcer le nom de la Fayette, était s'envelopper dans sa ruine. Rien d'étonnant alors, où l'on traî-nait à l'échafaud Bailly, la Rochefoucault, et tant de milliers de victimes; alors, où l'anarchie et l'ambition des rois s'étaient coalisées pour déchirer l'empire français. Mais depuis qu'à ces jours de deuil la consolation, le calme ont succédé; depuis que la France, enfermée quelques-tems dans son tombeau, semble ressusciter plus brillante, et chrysalide politique, se placer aux premiers rangs des puissances de la terre, elle a tourné les yeux sur Olmutz, et soupçonné qu'elle était outragée dans les bastilles de la Moravie. Ses soupçons l'ont conduite enfin dans l'affreuse certitude que si elle eût été vaincue, les rois méditaient d'ouvrir les portes d'Olmutz à la Fayette, ses deux amis, sa femme, ses deux filles, pour les jetter dans une cage de fer, et les promener ainsi sur les débris fumans de la France incendiée.

Les étrangers éloignés de l'orage, et mieux placés que nous pour observer, ont les premiers rendu justice à la Fayette. Moins sensibles peut-être à ses malheurs qu'indignés des coups que dans lui l'on portait à la liberté générale, ils ont osé, pen-dant tout le tems de sa détention, rappeller avec énergie ses principes, la stabilité de son caractère, son obéissance aux loix, sa fermeté à les maintenir, son respect religieux pour la conservation des personnes et des propriétés, sa résistance contre tout ce qui était oppression, ou blessait les intérêts du peuple; la guerre qu'il a constamment faite aux anarchistes, comme aux partisans du despotisme; ses efforts généreux pour assurer l'ordre alors existant, aux dépens même de sa popularité; sa fidélité à son serment, son départ, sa captivité, ses souffrances, son refus et sa réponse fière à l'indigne prix où l'on a mis sa liberté : voilà ce qu'en Allemagne, en Angleterre, en Hollande, dans toute l'Europe, on admira dans la Fayette; ce qu'enfin la France commence à distinguer, et ce qu'on a cherché à mettre en évidence dans le tableau poëtique de sa prison, où je vais bientôt descendre avec mes lecteurs. *Je me suis appliqué dans cette peinture, non pas seulement à colorier un sujet de circonstance convenable aux seules victimes d'Olmutz, mais comme l'ambition est toujours pour quelque chose dans les plus petits travaux des hommes, je me suis proposé un but plus grand: celui de rassembler dans les écrits des sages les plus belles pensées, les vérités les plus consolantes, et d'en ordonner un poëme utile aux opprimés de tous les tems, et qui puisse, avec l'expression du sentiment et les couleurs de la poésie, tracer dans le cœur humain les limites de la liberté et de l'égalité sociales.*

Tout affreux que soit l'exil, si ma faible voix pouvait être le précurseur d'un acte de justice, je retrouverais la France par-tout où je me souviendrais que je n'ai pas douté de son équitable générosité, par-tout où ma conscience jouirait du souvenir d'avoir participé à consoler d'illustres et intéressans prisonniers, la Fayette, sa femme, ses deux filles, ses deux amis, Maubourg et Pusy, et de fidèles domestiques, qui trouvent aussi naturel de partager les maux de leurs maîtres, qu'étonnant de se voir traités en prisonniers d'état.

Vous pouvez, ô ma patrie! arracher à vos ennemis les victimes dont les tortures les vengent de la terreur que vos armes leur inspirent, vous ne les laisserez pas consommer leur atroce vengeance.

Les efforts magnanimes de ceux qui, les premiers bravèrent avec vous le despotisme, alors qu'il semblait inébranlable, vous appellèrent à la liberté, alors qu'elle était encore douteuse, ne deviendront pas pour eux une source de persécution éternelle au moment où vous triomphez.

I *

Quoi! si le jeune héros, vainqueur de l'Autriche, de Rome et de Capoue ; si Buonaparte tombait, si la fortune bizarre ne servait plus son immortel génie, les cachots d'Olmutz seraient la retraite, le Panthéon que les rois réserveraient à sa gloire malheureuse ! Et la France, la France défendue, aggrandie, glorifiée par Buonaparte; la France, par un lâche silence, consentirait à la captivité de ce grand homme!... Que dis-je? elle s'unirait à Pitt, ce fléau, cet insulaire Marat qui l'assassine à l'extérieur; elle s'unirait à lui, pour torturer, jetter dans les fers Buonaparte, sa femme, ses amis, ses enfans, ses lauriers!....

A ces mots, à cette supposition, la France s'indigne, se révolte contre le téméraire qui ne craint pas de soupçonner sa générosité. Mais, qu'ai-je supposé dans Buonaparte, qu'elle n'ait souffert trop long-tems dans le malheureux la Fayette et ses compagnons?... N'est-ce pas le gouvernement anglais qui les poursuit, et se plaît à se venger sur eux de l'indépendance américaine? N'est-ce pas tous les ennemis de la France qui les ensevelissent dans les cachots, pour avoir les premiers arboré l'étendard de la liberté?... Lorsque la Fayette était occupé à débrouiller l'ordre du cahos, à combattre l'anarchie ; lorsque, tout-à-coup, sous les efforts croissans, convulsifs, de cet hydre immense, obligé de céder un instant, la Fayette recule, n'est-ce pas alors qu'environné de tous les côtés, l'anarchie en front, le despotisme en arrière, ce dernier monstre le saisit et l'enfouit dans ses souterrains?... N'est-ce pas là, qu'avec ses deux compagnons, il meurt depuis cinq ans, sans que la France victorieuse et juste ait encore publiquement demandé trois Français, trois pères de famille, dont l'un voit sa femme, ses innocentes filles partager sa captivité cruelle ; dont l'autre est le chef d'une nombreuse famille, qui l'adore et le pleure avant sa mort; dont le troisième enfin, père, époux infortuné, a passé de l'aurore de l'hymen, dans les ombres des cachots sans avoir vu l'enfant qui lui doit le jour, et à qui sa tendre épouse dut apprendre à bégayer au berceau l'infortune d'un père, martyr de la liberté?

Français, lorsque l'Europe épuisée, lasse de combattre les efforts généreux de votre indépendance, vous demandera la paix ; lorsque vous ne serez plus occupé qu'à tirer un voile sur l'irrévocable et funeste passé; lorsque parmi les larmes et les fleurs que vous répandrez sur le tombeau de vos frères immolés, vous regretterez sur-tout les premiers et sages auteurs de votre régénération sociale ; si dans ce moment pathétique, un citoyen s'élevant au milieu de votre assemblée en deuil, vous disait: « Français, ceux que nous voudrions rendre témoins de notre » reconnaissance et de notre félicité ; ceux que nous pleurons » aujourd'hui ne sont pas tous dans la tombe. Trois de nos » premiers coopérateurs vivent encore. Ils gémissent dans les » fers de ceux à qui nous avons bien voulu donner la paix ».

A ces mots, quels transports de colère et de joie souleveraient tour-à-tour vos âmes étonnées!... Il me semble vous entendre demander avec indignation : Qui peut avoir ainsi oublié nos concitoyens?....

Hâtez-vous de rendre une justice dont le retard vous causerait un jour de vains regrets (*). Ordonnez, ô ma patrie! ordonnez du ton de la victoire, à ces geoliers coalitionnaires, de rendre la

---

(*) Avant que le manuscrit de cette héroïde fut parvenu à l'imprimeur, le gouvernement français s'était déjà lavé de ce reproche, en ordonnant, de son propre mouvement, au vainqueur de l'Italie, de stipuler pour la liberté de ces honorables victimes. Les plus estimables d'entre les écrivains français avaient dès long-tems aussi rempli leur tâche et déclaré le vœu du peuple français. Le bruit court en ce moment que les démarches du gouvernement n'ont pas été infructueuse, et que ces illustres captifs sont en liberté. On n'en lira pas avec moins d'intérêt le récit de leurs infortunes. (*Note de l'Éditeur*).

liberté à trois Français qui l'ont perdue pour vous; ne permettez pas qu'avec eux, leurs enfans, leurs épouses, leurs fidèles domestiques, soient destinés à servir de jouissance à la rage de Pitt, d'un baron de Thugut, condamnés à la honte de n'avoir osé combattre votre liberté, que pour mieux la faire triompher, et reculer les bornes de l'empire que vous lui prépariez. Dites au maréchal de Saxe-Teschen, qui disait réserver la Fayette pour l'échafaud; au général Darco, qui brûlait du desir d'en être lui-même le bourreau; dites-leur, qu'également ennemis des tragédies despotiques et anarchiques, vous les exemptez de prouver leur zèle, vous les croyez sur parole. Et par pitié pour l'empereur même, délivrez-le de l'indigne fonction de geolier, dont Pitt le charge et l'accuse; ce Pitt, qui menace de précipiter la Grande-Bretagne dans le même gouffre où il poussait la France, et qui se voit obligé, par une imitation servile, de créer cette monnaie idéale, ce métal aërien et frivole qui, au lieu de tirer des richesses des entrailles de la terre, fait disparaître celles qui sont à sa surface.

O victimes illustres! vous dont ma muse novice ose aujourd'hui devant notre patrie, aux yeux du monde entier, chanter les vertus et les malheurs, pardonnez, si ne pouvant donner à vos pensées cette énergie sublime et sentie, dont vous seuls pourriez les revêtir, j'ose essayer de les présenter sous les couleurs de la poésie. Souvent elle éclaire et fortifie la sensibilité. Comme votre âme est plus indépendante sous le poids des fers dont on l'opprime, ainsi puissé-je, des entraves de la mesure et de la rime, faire jaillir ma pensée avec plus d'énergie et de ressort!

Justum et tenacem propositi virum,
Non civium ardor, prava jubentium,
Non vultus instantis tyranni
Mente quatit solida neque Auster,
Dux inquieti turbidus Adriæ,
Nec fulminantis magna jovis manus,
Si fractus illabatur orbis
Impavidum ferient ruinæ.

Sed apud priores, ut agere memoratû digna pronum, magisque in aperto erat; ità celeberrimus quisque ingenio ad prodendam virtutis memoriam, sine gratiâ aut ambitione, bonæ tantùm conscientiæ prœtio ducebatur. Ac plerique suam ipsi vitum narrare, fiduciam potius morum, quam arrogatiam arbitrati sunt : nec id Rutilio et scauro citra fidem, aut obtrectationi fuit : adeò virtutes iisdem temporibus optimè œstimantur, quibus facillimè gignuntur.....

TACIT.... Vie d'Agricola.

P.C. De Agrair del.   F. Hemu f.

CAPTIVITÉ

DE LA FAYETTE.

HÉROÏDE.

Dans ces sombres cachots, image des enfers,
Courbé depuis cinq ans sous le poids de mes fers,
Mort à tous les humains, à la nature entière,
Dans ce gouffre où descend à peine la lumière,
Il faut donc sans relâche, en mes maux déchirans,
Mourir par intervalle aux yeux de mes tyrans?...
Oh! que les jours sont longs!.... qu'en ces tristes demeures
Le tems avec lenteur, fait circuler les heures!....
Autour de ce tombeau, que j'ai compté de nuits!
Tout passe, et je renais en d'éternels ennuis.
Moi captif! moi l'ami, le défenseur des hommes!....
O justice! tes droits sont-ils de vains fantômes!
Mais de quoi m'étonner!... La vertu, des malheurs
Emprunta constamment ses plus belles couleurs.
Du Danube à la Seine, ou du Céphise au Tibre,
Il fut, selon les tems, un crime d'être libre.
Les héros aujourd'hui, des mortels respectés,
Jadis d'un siècle injuste étaient persécutés.
Camille, Phocion, vous tous hommes sublimes,
Je mourrai comme vous, j'ai commis tous vos crimes.

Mais qu'il est beau de dire , en la paix de son cœur :
Moi seul je suis vaincu, mon pays est vainqueur.
Je pâtis pour le bien que j'ai voulu lui faire :
Quand jadis plus heureux, l'un et l'autre hémisphère
Me comblaient à l'envi d'honneurs et de pouvoir.
Tant que j'ai commandé , j'ai rempli mon devoir.
Dans la ville , en les camps, ma présence chérie ,
Des feux de la discorde étouffait la furie ,
Protégeait l'innocent , l'arrachait au trépas; (1)
Les cœurs volaient en foule au devant de mes pas.
Si depuis mon exil., le peuple eût des allarmes ,
On n'ouit pas mon nom se mêler dans ses larmes.
La Fayette dès-lors , sous le joug abattu ,
De son patriotisme expiait la vertu.
De modération et victime et modèle ,
Au loix, à mon pays , à mon serment fidèle....
Ah ! voilà le grand coup sous lequel j'ai plié ,
Je meurs pour ma patrie , et j'en suis oublié.
Sur quel espoir faut-il que la vertu se fonde ?...
Liberté ! que me sert qu'aux champs du nouveau monde ,
Tu couronnas mon front d'un laurier triomphal ?
Hélas ! le nouveau monde et mon pays natal ,
Insoucieux du bras qui rompit leurs entraves ,
Laissent chez l'étranger leurs défenseurs esclaves.... (2)
Le ciel même , le ciel me laisse sans appui...
En vain ma faible voix s'élève jusqu'à lui ;
Tandis que je me plains , la sagesse éternelle ,
Inabordable aux cris d'une douleur charnelle ,
Des cendres de la mort et des laves d'Etna ,
Fertilise la vie , et les plaines d'Enna ; (3)
Si pour épurer l'air , elle a créé la flamme ,
Elle a fait ces tyrans pour épurer notre âme.

Sans cesse je les vois, forgeant d'autres verroux ,
De ma mort, de ma vie, également jaloux ,
Voluptueux bourreaux , ivres de tyrannie , (4)
Savourer les tourmens de ma longue agonie.

Au lieu de m'enfoncer soudain dans le tombeau,
Dans ma blessure vive ils tournent le couteau.
Quelquefois , par l'aspect d'une tête abattue, (5)
Cette monotonie étant interrompue,
Du sang de la victime , ils tracent sur mes fers :
« Souffrir et puis mourir » , se sont-là de leurs vers.
Pour mieux m'assassiner par le sentiment même,
Si la fente d'un ais , à ma tendresse extrême,
Laisse entrevoir les traits de mes chers compagnons,
De Maubourg, de Pusy , ceints des mêmes chainons ;
Si sur eux un instant s'épanouit ma vue.....
Soudain, de tout côté , l'infernale cohue
Rugit de mon bonheur , cherche, en trouve l'effet,
Punit dans mes amis mon innocent forfait ;
Met barreaux sur barreaux , bâtit, cimente, enferre,
De peur que, d'un coup d'œil, l'amitié ne l'altère.
Et quand l'un des captifs, par la douleur vaincu,
L'infortuné Lameth a sans doute vécu , (6)
Ils redoublent de soins, et leur pitié perfide
Feint , pour mieux l'inspirer , la crainte d'un suicide.
Au joug même, où je meurs, les geoliers asservis....
Cabinets, triomphez , vous êtes bien servis !

   Si j'étais le seul but que leur rage désigne,
Je mérite leurs coups, je veux en être digne ;
A l'immortalité j'apporterai pour droits
La haine des tribuns , et d'imbéciles rois.
On dira que des fous , ayant proscrit ma tête, (7)
Des monarques huissiers arrêtant la Fayette,
Méritèrent ainsi, glorieux d'un tel fait,
Le vil prix que Marat mettait à ce forfait,
Justice , liberté , gardes nationales ;
C'est pour vous qu'on creusa ces voûtes infernales.
Le ciel ne voulut pas, intrépides guerriers, (8)
Que votre fondateur partageât vos lauriers ;
Mais rien ne m'a ravi la primitive gloire
De vous avoir ouvert le champ de la victoire.

C'est le crime sur-tout, dont ils sont offensés :
J'ai façonné les bras qui les ont terrassés.
En vain de leur tactique on était idolâtre ;
L'art chéri de Bellone, est l'art qui sait mieux battre.
Des enfans de Cérès, d'agricoles héros,
Sans tactique ont battu leurs plus vieux généraux ;
J'en suis cause première, et première victime ;
Ainsi, que sans pitié leur vengeance m'opprime ;
J'y consens : j'attends tout de fourbes léopards, (9)
Dont j'ai purgé jadis d'Américains remparts ;
Mais quel tort inoui vous ont donc fait ces hommes,
Arrêtés comme moi, traînés dans ces royaumes ?
Pourquoi les mêmes fers ? quel crime ont-ils commis ?
Cruels, ils n'ont rien fait que d'être mes amis....
D'un vain délit pourquoi l'éclat si manifeste ?....
Si mes enfans, ma femme, en ce réduit funeste,
Accouraient consoler un malheureux époux,
Vous les enfermeriez sous les mêmes verroux !

O ! souvenir trop cher à ma douleur profonde,
Hélas ! loin de vos yeux quitterai-je ce monde ?
Mes amis, tendre épouse, enfans abandonnés,
A ne plus nous revoir serions nous condamnés ?
Cher la Rochefoucault, ta vertu libérale, (10)
Se repand-elle encor sur la terre natale ?
Doute affreux !.... O regrets ! ô vœux irrésolus !...,
Soleil de mon pays, ne te reverrai-je plus ?
Au lieu de ta lumière, en ces climats barbares,
Ne voir que des Argus de mon sang trop avares,
Me poursuivre en les miens !.... en prisonnier d'état (11)
Traiter mon valet même ; et par un attentat
Digne de Phalaris, ravir de sa fenêtre
Des œillets que sa main prit soin d'y faire naître,
Quand déjà le captif allait les voir s'ouvrir,
Un monstre à les couper trouve un affreux plaisir.
Est-ce donc qu'au défaut de ses victimes prêtes,
Sur des fleurs il s'essaye à mieux couper des têtes ?

O mon pays !...... grand dieu, se peut-il que ta main
Ait, du même limon, pétri le genre humain.
Du moins les jacobins dans leur plan sanguinaire,
S'environnant d'éclairs ainsi que le tonnère ,
Pâlissaient l'horison des horreurs du trépas ,
Tonnaient tous leurs forfaits, et ne les cachaient pas ;
Ministres des enfers, ils avouaient leurs titres ;
Mais vous, vous qui du ciel vous dites les arbitres ,
Qui tenez de lui seul le pouvoir absolu ,
Vous décrétez le crime et parlez de vertu !....
Sous les noms les plus saints, parjures à vous mêmes ,
Vous couriez de Louis venger les droits suprêmes ,
Et s'il eût pû tomber entre vos mains , hélas !
Vous le protégeriez ainsi que Stanislas.
Que dis-je, ô complément de fourbe et de folie !....
Pour vous, pour votre cause , on émigre, on s'allie ;
Vous portez de Rhéa les enfans égarés ,
A poignarder Saturne, et puis vous les livrez
A ce père insensé qui dévore sa race.

Quand je dûs autrefois repousser votre audace ,
Tout-à-coup désarmé , proscrit par Attila ,
J'ai fui ; c'était tomber de Charibde en Sylla.
Sur une terre neutre assurant mon passage ,
Parlant de liberté sur le sol du servage ,
Je demandais les lieux où l'olive croissait ,
Pour le pays chéri d'où on me banissait.
Vers Battavie enfin , dirigeant ma retraite ,   (12)
Selon le droit des gens, je passe, l'on m'arrête ,
L'on me flatte, on m'insulte, on me dit que demain ,
Une escorte d'honneur m'ouvrira tout chemin.
Dans ce demain parjure , on m'enferme , on m'entraîne ,
De cachots en cachots on resserre ma chaîne ,
On me vend , on résout , on suspend mon trépas ;
Et pour combler l'horreur attachée à mes pas ,
Un geolier corronné , soldé d'une insulaire ,
Met à ma délivrance un indigne salaire,

C'était la trahison. Par un crime arrêté,   (13)
Un crime me devait remettre en liberté.
Ma réponse fut breve : Albert , votre Guillaume
Connaît mal son captif, il est roi , je suis homme :
Qu'il cherche un traître ailleurs , refermez ma prison.
Celui qui proposait alors la trahison,
Est en paix sur le trône et je suis aux carrières !

Lorsque les alliés au bord des isles d'Hières ,   (14)
Changeant comme les flots dont ils étaient battus ,
De nos dernières loix nous offraient les statuts ,
L'intérêt, dieu des rois, centre où tout se rapporte ,
De ma prison sans doute allait briser la porte ,
De trois nouveaux verroux, on la barricada.
Pilnitz m'avait jugé ; c'est là qu'on décida   (15)
Impérialement , d'une voix infaillible ,
Qu'un trône avec ma vie était incompatible.
Et la cour souriant de ma détention ,
Crût en moi garotter la révolution.
Tout cet enchaînement d'impéritie extrême ,
L'erreur d'un vain forfait plus que le forfait même ,
M'étourdit, me révolte , absorbe tous mes sens ,
Je ne sais si je vis, mes esprits sont absens.
Je cherche le sommeil , le sommeil me retrace ,
La plaintive amitié partageant ma disgrace.
Je vois Maubourg , Pusy, mes vertueux consors ,
Leurs peines au dedans , mes craintes au dehors.
Pusy du lit d'hymen traîné dans ce repaire ,
Sans avoir jamais vu l'enfant dont il est père ,
Loin de sa jeune épouse !.. et par un sort affreux,
En existant encore être veufs tous les deux !...
Maubourg qui , modéré même dans la sagesse ,
Pour la seule amitié l'épanche avec largesse ,
Lui qui , *bien* , pour le peuple , aimait la liberté.....
Mes amis loin de vous , ... par ces fers écarté ,......
Ma femme , mes enfans , Washington ma famille ,
Rien d'eux , pour eux , ne sort , n'entre en cette bastille,

Tout ce qui m'intéresse , entièrement voilé......
L'univers à mes yeux est un livre scellé.
Quel débris d'existence ! ô ! grand dieu , je succombe ;
C'est mourir sans goûter le repos de la tombe.

Il dit : et ses regards élevés vers les cieux,
Portaient en s'y fixant un calme harmonieux.
Moi , l'un des gardiens , j'observais ce grand homme ,
Qui me rappellait ceux de la Grèce et de Rome.
Malgré ce triste emploi , tant je me pénétrais !
Je crus ce noir donjon un temple où j'adorais.

Il était nuit : déjà dans l'épaisseur des ombres ,
Le crime vigilant tramait ses toiles sombres.
Le hibou sépulchral , de la cîme des toits ,
En gémissemens sourds laissait tomber sa voix.
J'entendais les soupirs des victimes nombreuses,
Bruire avec les verroux sous ces voûtes affreuses.
La lune à son lever , regardant la prison ,
Au bord de la fenêtre avait son horison ,
A travers les barreaux vacillait la lumière ,
La Fayette sur l'astre arrêtait sa paupière ;
Un rayon le couvrait , immobile , pensif,
Son âme était aux cieux, il n'était plus captif.
Du flambeau de la nuit , la lueur affaiblie ,
Semblait , se conformant à sa mélancolie ,
De son disque argentin refléchir dans son cœur ,
D'un tendre sentiment le raport enchanteur.
O ! doux penser , dit-il : peut-être en son désastre
Ma famille a les yeux fixés sur le même astre.
Tandis qu'on nous enchaîne , absentes de nos corps ,
Nos âmes vont s'unir aux célestes accords.
Après quelques instans d'une scène muette ,
Comme d'un long sommeil , tout-à-coup la Fayette
Se réveille ; il regarde , il s'émeut , il poursuit ,
Tâche envain d'embrasser une ombre qui le fuit.

Chère épouse , dit-il ,..... trop consolant mensonge !
Hors mes maux , tout pour moi , n'est-il plus qu'un vain songe!

O ! des époux absents, recours délicieux,
Qui vainqueur de l'espace, et des tems et des lieux,
Des sentimens de l'âme es la fidèle empreinte,
Art d'écrire un instant, gémis avec ma plainte.
Ecrire !..... vain espoir, en ai-je le moyen ?..... (6)
Ne m'ont-ils pas ravi ce muet entretien ?...
Sans papier ni crayon ?...... ce penser me rassure...
Le sang va me servir à peindre la nature.....

. . . .

Chère épouse, ces traits, ces mots sanglans, ces mots, (17)
Te prouvent comme on sait rafiner tous les maux,
Dans ces gouvernemens basés dessus la honte,
Et dont le bâton seul, tour-à-tour, baisse ou monte
Le rampant mécanisme. A leurs lâches efforts
Je ne puis disputer que mon âme et mon corps ;
La première luttant contre ces empiriques,
Remonte aussi l'essor de mes forces physiques.
Le vœu de résistance au pouvoir assassin,
Est pour moi dans les fers un puissant médecin.
Long-tems contre la mort je saurai me défendre ;
Mes amis n'ont encore aucune allarme à prendre.
Comme on pardonne peu ceux qu'on a maltraité,
Je crains moins ma prison que son iniquité.
L'oppresseur, fatigué du fardeau de son crime,
Ne sait dans quel repaire enfouir sa victime.
Au centre de la terre il a peur des flambeaux,
Et n'osant se fier à la foi des tombeaux,
Il en craint le silence, et même les ténèbres.
Je puis finir mes jours en ces cachots funèbres ;
Mais comme les tyrans n'enchaînent pas les morts,
Que ta main recueillant les cendres de mon corps,
Dévoile en ton époux les vœux du despotisme.
Qu'après-moi, mon nom seul, âpre à tout fanatisme,
Fixe la liberté dans son juste séjour.
Des excès ennemie, elle est comme le jour,
Qui brille au sein du monde et meurt à ses limites.
Son astre fuit suivi d'indignes satellites,

Mais

Mais comme le soleil, sous un guide imprudent,
Pour ces vils Phaëtons elle eut un Eridan. (18)
De la divinité cet attribut auguste,
Comme elle incorruptible , immuablement juste,
A gravé dans nos cœurs, avec des traits de feu :
La tolérance seule élève l'homme à dieu.
Que la vertu gardant un modeste équilibre,
Prêche la liberté sans forcer d'être libre.
Craignez que l'arbitraire ait aussi son martyr.
Aux vœux de votre esprit le cœur doit consentir.
Tous les deux separés s'égarent en systèmes ;
Mais leur voix réunie est la voix des cieux mêmes.
J'ai dit, je le repète aux fers des potentats :
La justice conserve ou détruit les états.
Si l'insurrection devenant légitime ,   (19)
Est le plus saint devoir des peuples qu'on opprime,
Dans le gouvernement dont lui même a fait choix,
Un peuple vraiment libre est esclave des loix.
Sa puissance est ce joug où sa tête est fixée.
Lorsqu'à ce dieu muet , type de sa pensée,
Aujourd'hui son cœur jure un hommage immortel ,
Si demain il en brise et le sceptre et l'autel,
Il est comme ce fou, dont la main par caprice ,
Élevant, détruisant vingt fois son édifice ,
Arabe, vagabond , de déserts en déserts ,
Roule , appellant sur lui l'inclémence des airs.
Malheur à qui choisit de pareils architectes !
Quand l'ordre social , sous la fureur des sectes ,
Vit naguère ébranler son temple hospitalier ,
De ces fous j'essayai de briser l'atelier.
Un destin favorable, à leurs sourdes manœuvres ,
De Vitruve en leurs mains , fit tomber les chef-d'œuvres ;
C'était revoir les Goths, entrant au Panthéon ,
Placer leur Teutatès à côté d'Apollon.

C'est à vous que je parle , ô peuples magnanimes !
Pardonnez, jeune encore , si j'ose en ces maximes ,

D'une austère vertu vous tracer le sentier.
C'est de vous que j'appris à mieux vous le frayer.
Des fiers gouvernemens je ne suis pas l'arbitre ;
Tous sont bons , s'ils ont tous la justice pour titre.
Selon les tems , les mœurs , les hommes , les climats,
Caméléons changeans , ils mènent les états.
Mais d'un vieux trône usé, le fragile équilibre,
En fait-il desirer un plus juste et plus libre ?.....
Saisissez ce moment pour rassurer vos droits.
Corrigez les abus des sénats et des rois.
Et sans que de Thémis on brise la statue ,
Brûlez le fil qu'Arachne ourdissait sur sa vue.
Dans son temple, adorez , quels que soient vos talens ,
La douce majesté des loix en cheveux blancs.
Craignez d'analyser leurs antiques diplômes.
Leur sens mystérieux inspire à tous les hommes
Un respect augmenté par l'ombre du secret ;
Si l'on comprenait dieu , son culte s'oublirait.
Desirons sans l'avoir une Thémis parfaite ;
L'âme ne jouit plus quand elle est satisfaite ;
Enfin , pour affermir la législation ,   (20)
Usez de l'ascendant de la religion.
D'heureux législateurs par sa bouche féconde ,
Promulguant les décrets qu'ils donnèrent au monde ,
La firent d'un plan vaste et providenciel ,
Comme une chaîne d'or liant la terre au ciel.
Le premier souverain fut le premier pontife.
Tout culte extérieur , pour le sage Apocriphe ,
Mais vrai aux yeux du peuple, est dans tous les états,
Également utile aux yeux des magistrats,
Surtout lorsque la loi , par un ressort unique ,
Fesant de mille corps un seul corps politique ,
Sans distinguer l'Augure ou les Patriciens ,
Ne défend , ne punit que des concitoyens.
N'allez pas toutefois , follement planimêtre ,
Les faire renoncer à leur nom, à leur être ;
D anciens préjugés ne sont pas arrachés

Sans détruire le corps qui les tient attachés.
A plusieurs la patrie étant alors cruelle,
Vous aiguisez le fer qu'ils soulèvent contre elle.
Prévenez ce malheur. Que l'aveugle hazard (21)
Nous ait tiré des flancs d'Irus et de César,
Qu'importe? si la loi pour tous égale et sûre,
Sous le même horison de sa main nous mesure.
Cependant qu'à ses yeux les mortels soient pareils ;
Jamais l'égalité sous de vains appareils,
D'aucun individu n'a reglé l'habitude.
Chaque objet de son air, variant l'attitude,
Et fuyant le niveau de l'uniformité,
Rend la nature égale en sa diversité.
On l'aimerait fidèle, on l'adore inconstante.
Comme on voit dans les airs les mondes qu'elle enfante,
Dans leurs cours inégaux vers le même concours,
Coïncider sans cesse en s'éloignant toujours,
Ainsi tout gravitant vers un sort plus sublime,
On s'évite, on s'attire, on s'élève, on s'abîme,
Balançant tour-à-tour dans l'ordre général,
Et le monde physique et le monde moral.
Voilà l'égalité, que fit l'Être Suprême,
L'égalité possible, et dont l'heureux systême,
De la société fut le premier dessein.
Quand d'aigres passions fermentent dans son sein,
Craignez que la justice, ainsi que Melpomène....
Que vois-je ? O complément de la misère humaine !
De l'image divine, ô profanation !
Otez ces noirs gibets, ces orbes d'Ixion.
De tant d'atrocités le spectacle terrible,
Au lieu d'être un exemple est un scandale horrible.
Ta loi pénale, Europe, est fille des enfers.
Oui, ces tortures, oui, ces échafauds, ces fers,
- D'assassinats légaux sont l'école farouche :
C'est là qu'ont médité Roberspierre et Cartouche,
Là que voyant sans cesse un trop coupable sang,
L'on apprit à verser celui de l'innocent;

2 *

Là qu'un œil curieux, ému par les supplices ,
Jouit avec douleur d'exécrables délices ;
Là qu'un peuple volage, altier , soumis, vainqueur,
Par imitation dénature son cœur.
Et ces impiétés l'Europe les consacre !
Elle punit le meurtre et la loi nous massacre !
Hélas ! ces longs apprêts, lentement ordonnés ,
Éternisant la mort aux yeux des condamnés ,
Sont comme une filière, où forçant la nature,
L'on devide leurs jours de torture en torture.
Justice ! Ah ! si jamais de tes sévères mains,
Il te faut immoler de malheureux humains,
Loin d'importuns regards rends la mort douce et prompte,
Et vénère encore l'homme à l'ombre de sa honte.
Les Grecs fesaient ainsi ; jamais aux yeux du jour ,
Thémis n'ensanglanta leur aimable séjour.
Comme eux , sans recourir à d'horribles secousses ,
Rendons les hommes bons en rendant les loix douces.
Par la sévérité tempérez la douceur,
Et sachez réprimer sans être un oppresseur.
S'il faut qu'un magistrat cède au peuple farouche,
Que la loi se couvrant soit le jour qui se couche.
Ce groupe mutiné , dans l'ombre en vain conduit ,
Abdiquera bientôt l'erreur qui l'a séduit.
Et l'heureux magistrat qui toujours se possède,
Avec habileté résiste lorsqu'il cède.
Que la peine toujours soit conforme au délit.
Rassurez l'accusé qui rougit ou pâlit.
Au seul soupçon du mal , dont elle est incapable ,
L'innocence s'émeut... Sous un dehors coupable
Aimez à dévoiler un vertueux mortel.
Qui préjuge le crime est déjà criminel.
Si malgré vos desirs il est un réfractaire,
Trouvez lui des pardons si le remord l'altère.
L'homme qui se répent est moins prêt de faillir ,
Que l'innocent novice aux traits du repentir.
Voilà sur quels appuis la liberté repose.

Prétexte des forfaits, mais des vertus la cause,
C'est ainsi qu'autrefois je la préconisais.
Tout autre m'est étrange et je la méconnais.
Sans doute, en la souillant, des factieux l'accusent;
Mais quel est le bienfait dont les méchans n'abusent?....
Le feu que Prométhée osa ravir aux dieux,
Profané par Titan, fût-il moins feu des cieux?...
Lorsque de vils tribuns sur le char de Tullie, (22)
Au nom des droits de l'homme écrasaient la patrie,
Que les cheveux épars la discorde au forum
Fesoit de tout l'empire un Pandémonium;
Que la terre embrâsée, ouverte en sépulture,
Palpitant sous les pieds, invoquait la nature;
L'orsqu'enfin du trépas l'infatigable faux,
Nivelant tous les fronts sur l'ais des échafauds,
Un moderne Cerbère au milieu des décombres,
S'apprêtait à hurler après de vaines ombres;
Hélas! la liberté dans ces horribles jours,
Secouant ses habits, fuyait de nos séjours.
Vos tombeaux sont fermés, innocentes victimes,
Emportez avec vous l'oubli de tant de crimes.
Si du fond de ce globe, en un globe plus pur,
Il est pour l'infortune un asyle plus sûr,
O toi! qui par ta fin glorieuse et funeste, (23)
De la mort du vrai sage offris l'aspect céleste,
Qui, parmi les bourreaux, paisible et sans effroi,
Sous leurs coups déchirans ne tremblais que de froid,...
Bailly, ton âme en paix, ton âme vit encore.
Quand de la liberté tous deux vîmes l'aurore,
Qu'elle était belle alors!.... quel heureux avenir!....
O sagesse oubliée! affreux ressouvenir!.......
Ami, je n'offre point de pleurs à ta mémoire.
Vivant trop peu pour nous, mais assez pour la gloire,
L'héritage sacré de ses mâles vertus,
Sans de vains pleurs honore un sage qui n'est plus.
Si des jours d'un seul, j'aime à rappeller les lustres,
Pardonnez, citoyens, pardonnez, morts illustres,

Ce n'est pas un oubli , mais l'humaine amitié,
Ne peut à tant de maux égaler sa pitié.

Tu le sais, Adrienne ! O toi ! modeste exemple
D'une liberté douce où le ciel se contemple ,
Conserve lui toujours les vœux que tu lui fis ;
Dans ses principes saints élève notre fils,
Qu'il grandisse avec elle , et sente que sa flamme,
Du ciel même émanée est l'âme de notre âme.
En quelques , lieux hélas ! où l'exile le sort,   (24)
Qu'il soit digne toujours des parens dont il sort.
Que son cœur trésaillisse au seul nom de la gloire.
O jours fortunés ! jours de paix et de victoire,
Où mariant l'olive aux lauriers triomphans ,
La France dans son sein verra tous ses enfans.
Sectateurs de Sadoc , de Luther , ou de Rome,
La seule foi publique est d'être un honnête homme.
Quand l'erreur est commune on a tout expié.
La sagesse des loix est alors la pitié.
France, les coups du sort dans un siècle funeste,
En trompant Clytemnestre, ont pû tromper Oreste.

Épouse, tu le vois, ma chimère me suit ;
L'auguste liberté m'enchante et me détruit.
J'expérimente ici ce qu'est l'homme à la chaîne.   (26)
Remets en liberté nos nègres de Cayenne.
Le joug est si pesant ! Qu'il est doux à mes mains ,
D'en avoir pu du moins sauver quelques humains.
Si l'aspect des tombeaux , ceints d'une sombre mousse,
Que la lune pâlit d'une lumière douce ,
Si leur vaste silence et la longueur des nuits ,
Firent naître au mortel , plongé dans les ennuis,
De l'immortalité l'espérance sublime,
Hélas! c'est dans cet antre, au fond de cet abyme,
C'est aux fers que forgea l'injuste autorité,
Que l'homme infortuné conçût la liberté.
Dans l'enfance du monde, avant l'abus des forces,
Son cœur en ignorant les puissantes amorces ,

La goûtait par instinct, sans culture ni soin ;
Dès qu'il en fut privé, son être en eut besoin.
Mais j'entends les geoliers ! De lourds verroux frémissent.
Des soupirs des captifs ces voûtes retentissent.
Adieu, chère Adrienne, embrasse nos enfans,
Nos malheureux amis, nos malheureux parens.
Adieu, vous aussi, vous dont la mâle éloquence,   (26)
Dans le Nord indigné fait tonner ma défense,
Qui dans moi soutenez le droit de la vertu,
Le droit du genre humain dans Olmutz abattu,
Vous, qui jadis cachés à ma gloire opportune,
Ne m'avez entouré que dans mon infortune.
Vous tous de la justice, avocats immortels.
Si les Grecs autrefois consacraient des autels,
A des dieux inconnus, je consacre mon être
Aux défenseurs voilés que je ne puis connaître ;
De vœu, de gratitude et de cœur réuni,
Le ciel fera le reste, il comble l'infini.
Et quelle expression, quel terme assez sublime,   (27)
Vous peindrait l'amitié qui pour vous me ranime !
Huguer Bollman, hélas ! mourrai-je en ce séjour
Sans embrasser les mains qui me rendaient au jour ?
Puisses-tu leur montrer, ô moitié de moi même !
Un si faible retour de leur service extrême.
Adieu, cent fois, adieu, c'est·le seul rendez-vous,
Que l'adversité laisse aux malheureux époux.
J'aimerais mieux sans doute, exempt de leur furie,
Mourir environné des yeux de ma patrie ;
Mais les fortes vertus naissent des grands malheurs.
Malgré l'activité de mes longues douleurs,
Au nom de notre hymen, au nom de la nature,
Garde toi d'approcher de cette sépulture.
Je n'approuverais pas tes généreux desseins.   (28)
Chère épouse, ils seraient aussi tes assassins.
Il viennent, le fer crie, au loin les portes s'ouvrent,
Ciel !.... quelle illusion mes faibles yeux découvrent !...
O nature !.... ô vertu, ne me trompez vous pas ?....

Ma femme ! mes enfans ! ils sont entre mes bras.....
— Mon père !....—Mon époux !—Tendre épouse !.... ô ma fille !...
Où viens-tu t'engloutir, malheureuse famille ?
— Nous venons vivre en toi, vois la patrie en nous.
Au sein de la nature il n'est plus de verroux.
— Mon fils ! — Il est sauvé, le ciel qui le seconde,
A conduit sa jeunesse au bord du nouveau monde.
On n'a pu nous ravir que de l'or, des bijoux.....
La vertu, nos enfans, nos trésors les plus doux,
Tout nous reste : embrassons ces blessures, ces marques,
Conspirant à souiller la cause des monarques.
Barbares, de quel droit l'avez vous arrêté ?
Pourquoi sans aucun fruit fouler l'humanité ?..
Pensent-ils étouffer dans cette Averne infâme,
Les cris intérieurs qui déchirent leur âme,
La voix des nations, et le ressentiment
De l'univers entier ? Pensent ils lâchement,
Que la France aujourd'hui souffrira l'impudence
D'une pareille atteinte à son indépendance ?
D'alliers gouvernemens mettent leur majesté
A fouler sous les fers de la captivité,
Trois des représentans d'une nation fière,   (29)
Qu'en eux l'Autriche insulte et retient prisonnière !
Ainsi de ce côté, France tu te soumets !
Ainsi tes citoyens ne pourront désormais,
Parler dans le comice, au sein de leur province,
Sans être prémunis de l'attache d'un prince !
Ou si d'un cœur fidèle, au bien de leur pays,
Ils osent librement énoncer leur avis,
Dans un sens qui déplaise aux chefs de l'Allemagne,
A tout autre despote, aux Vieux de la montagne,
L'ostracisme les frappe, et pour de tels bannis,   (30)
L'Europe devient donc l'oreille de Denis !......
Ils entendent bien mal l'intérêt qui les guide !....
Pour servir les complots d'un insulaire avide,
Trafiquer de l'Empire ! et sans confusion,
Faire de César même un geolier d'Albion !....

                                         César

César dont la jeunesse, aux nations germaines,
De toutes les vertus promet les plus humaines,
César qui dans sa cour, me dit avec bonté,
Que je verrais ici mon époux bien traité ;
Qu'il voudrait davantage, et n'était pas le maître,
Qu'on liait ses mains.... Quoi ! César doit se soumettre !
César, le lieutenant d'un roi son allié !
César, pour Georges enfin, consent d'être lié !...
Voilà donc François deux, cet empereur auguste,
Que malgré nos douleurs on dit sensible et juste....
Devant lui cependant le crime se permet !
Qui ne l'empêche pas, à la fin le commet.
Heureux le prince humain qui règne par lui-même !
Sur le front de son peuple il ceint le diadême ;
C'est peu pour lui d'ouvrir la porte des cachots,
Il voudrait que sa main put ouvrir les tombeaux.
Nul rempart ne saurait limiter sa puissance ;
Son domaine est par-tout où gémit l'innocence.
Et César s'est laissé ravir de tels états !.....
Que parle-t-on du peuple et de ses attentats ?
Le peuple est l'instrument, non le fauteur du crime.
L'Empire est en danger quand l'empereur opprime.
La force qu'il doit craindre est l'innocence au fers,
S'armant de sa faiblesse et de ses maux souferts.
La pitié, le respect, la chaleur qu'elle inspire,
Voilà les ennemis que doit craindre l'Empire.
Ah ! si César régnait !.... s'il savait à quel point
L'on avilit son trône !..... Il ne le saura point :
Tout est sourd : j'ai partout, au nom d'un ciel propice,
Des sénats et des cours mendié la justice ;
Partout les gouvernans à l'intérêt soumis,
S'il ne sont oppresseurs, sont de faibles amis.
La puissance est pour eux le séduisant breuvage,
Qui semble changer l'homme en animal sauvage.

Pardonne, juste ciel, à mes emportemens !....
Je suis épouse et mère, et tous mes sentimens,

3

Mes liens les plus chers, mon époux, mes deux filles,
Mes amis, tous les miens, gissant dans ces bastilles.....
Hélas ! quand tu voudrais nous voir encore punis,
Tu ne le pourrais pas, nos maux sont infinis...
Dieu bon !... — Console toi ma généreuse amie,
L'indépendance humaine en est mieux affermie,
J'y consacre sans peine et ma vie et ma mort.
Ma femme !.... mes enfans !.... que je plains votre sort !...   (31)
Le mien n'est que trop sûr.... utile et noble exemple,
A l'innocence en pleurs un cachot sert de temple....
Environné des siens, et fort de ses vertus,
Socrate était ainsi plus heureux qu'Anitus.

NOTES.

(1) Protégeait l'innocent, l'arrachait au trépas.....

Les amis de la liberté se rappellent avec attendrissement l'époque où, selon leurs desirs, elle se montrait aux hommes sous l'aspect le plus séduisant; l'époque où la Fayette, la Rochefoucault, Bailly, etc. l'insinuaient dans les cœurs par le charme de toutes les vertus sociales, tandis que Mirabeau l'y enchaînait par l'ascendant de son génie. Tous les propriétaires goûtaient alors cette sécurité territoriale et commerciale, qu'on croyait incompatible avec les orages où la liberté place son berceau. A peine sous les deux années de commandement de la Fayette, la France reçut-elle deux violentes commotions; et depuis sa retraite et sa détention, elle éprouva les secousses terribles qui la plongèrent dans l'anarchie.

Avec quelle admiration Paris vit M. de la Fayette se dévouer à mille morts, non-seulement pour la tranquillité générale, mais encore pour arracher un simple citoyen des bras sanglans des meurtriers, couper avec son épée le funeste cordeau qui tenait la victime suspendue, saisir l'un des assassins, le livrer à la justice, haranguer, menacer, flatter, dissiper la multitude effrénée, la frapper de crainte ou de respect, et dans un seul, étouffer ainsi le germe de mille attentats.

« Avec quelle présence d'esprit; (dit l'impartial, l'ingénieux
« et laconique auteur des portraits) avec quelle présence d'es-
» prit n'avait-il pas déjoué les manœuvres de la journée des
» poignards! Avec quel courage le même jour, et presque à la
» même heure, n'allait-il pas offrir sa tête au bataillon de
» *Santerre* qui se révoltait à Vincennes, pendant que Gou-
» vion, son frère d'armes et son ami, achevait de dissiper les

3 *

» conjurés du château ! Je l'ai vu digne du commandement,
» traverser les rangs de ce bataillon révolté, haranguer les
» mutins , et détourner avec son épée les bayonnettes qui le
» menaçaient.

» Comme il avait organisé la garde nationale ! Quel esprit
» public il avait créé!... Quelle tenue !.... Des milliers de
» bourgeois naguères timides et sans patrie , étaient devenus
» à sa voix autant de héros pour la conquête et la conserva-
» tion de la liberté !... peut-être....

» Mais assez d'autres feront l'histoire de ses vertus ou de ses
» vices.... S'il fut un traître, je l'ignore.... Tous ses accusa-
» teurs ont péri sur l'échafaud; et sa longue captivité chez l'é-
tranger , ne paraît pas prouver qu'il l'ait si bien servi....».

En douter, me semble une ironie mal placée. Cicéron eût
sans doute pensé sur la captivité de la Fayette à Olmutz, ce
qu'il pensa sur celle de Regulus à Carthage.....

*Ipse Carthaginem rediit; neque eum charitas patriæ reti-
nuit, nec suarum, neque verò tum ignorabat, se ad crudelissi-
mum hostem, et ad exquisita supplicia proficisci, sed jus-
jurandum conservandum putabat.*

(2) Laissent chez l'étranger leurs défenseurs esclaves.

Il n'est pas glorieux dans les annales démocratiques, de voir
les peuples constamment ingrats envers ceux qui les ont servis.
L'Amérique , qui doit tant d'obligations à M. de la Fayette, n'a
pris que de très-faibles mesures pour le réclamer comme un de
ses concitoyens. En général , les États-Unis se sont montrés
d'une ingratitude manifeste et déshonorante envers toute la
nation française ; ils n'ont accueilli d'une manière fraternelle,
hospitalière, aucune espèce d'exilé; et dans toutes les occasions,
ils ont montré la prédilection la plus inconséquente, si non la
plus injurieuse, pour le gouvernement de la Grande-Bretagne.

Heureusement pour l'humanité, ce lâche silence que l'Amérique a gardé sur un de ses plus généreux libérateurs, est gé-
néralement attribué au peu d'usage et d'influence qu'ont ces
républicains dans les cours de l'Europe. Cependant, il serait assez
étonnant que le congrès eût à chercher les raisons de son oubli
dans le peu de prix que l'on aurait fait en Europe de ses justes
réclamations... Washington, et quelques autres illustres Américains, ont, par leurs négociations généreuses et privées, réparé
cette faute, qui n'appartient d'ailleurs qu'au congrès. Dans
toute l'étendue des États-Unis, on ne saurait prononcer le nom
de la Fayette sans qu'il soit couvert de bénédictions, et sans
voir tous les yeux se couvrir de larmes au récit de ses malheurs.

Le gouvernement français semble aussi oublier la Fayette; il
souffre une captivité qui lui devient personnelle; il reconnoît,
par son silence, qu'un roi de Bohême, un roi d'Angleterre, ont
le droit de préparer la bastille d'Olmutz aux Français qui les
premiers ont défendu la liberté. Dans les tems d'anarchie, il
était naturel que, d'accord avec le despotisme, elle proscrivît
la Fayette, mais depuis!....

« *Crebrò per eos dies apud domitianum absens accusatus,
absens absolutus est: causa periculi non crimen ullum, aut
querela læsi cujusquam, sed infensus virtutibus princeps,
et gloria viri, ac pessimum inimicorum genus, laudantes.
Et ea insecuta sunt reipublicæ tempora, quæ sileri Agrico-
lam non sinerent..... cum damna damnis continuarentur,
atque omnis annus funeribus....... poscebatur ore vulgi
Agricola.*

(3) Fertilise la vie et les plaines d'Enna.

Enna, ville ancienne de la Sicile, ou Cérès avait un temple
magnifique. Cette ville, entourée de plaines fertiles, était souvent ébranlée par les éruptions de l'Etna, dont elle était voisine.

(4) Voluptueux bourreaux, ivres de tyrannie.

Dans une lettre qui nous est parvenue par M. Bollmann, lors de sa tentative héroïque, M. de Maubourg écrivait à l'un de ses amis :

Oui, mon cher, C. Trenk excepté, je défie qu'on cite d'autres personnes plus indignement traitées que nous le sommes. Je conviens que nos fers ne sont pas immédiatement appliqués sur nos membres; mais ne serait-il pas mille fois préférable d'avoir l'incommodité des liens, et de pouvoir respirer en plein air !... Pour moi, je n'entends jamais le bruit des chaînes des hommes condamnés aux travaux publics, sans éprouver un mouvement de jalousie très-vif. Je ne sais si les 10 liv. sterlings que M. Pitt donne pour la pension de chacun de nous, se réduisent en passant par les coffres impériaux, à 6 florins, mais il est certain, qu'excepté de nourriture, nous manquons de tout....

Cette nourriture même est presque toujours *immangeable*, par l'excessive malpropreté des femmes de soldats qui l'apprêtent, et des geoliers qui nous l'apportent, sur-tout pour des gens qui n'ont que leurs doigts pour en séparer les corps hétérogène qui la couvrent abondamment. Vous demandez à quoi bon nous priver de fourchettes et de couteaux ? Nous avons aussi fait la même question. On a dit à la Fayette que c'était de peur qu'il n'attentât à sa vie; il a répondu qu'il n'était pas assez prévenant. Pour moi, l'on me fit entendre qu'on craignait, si nous étions armés, que nous ne fissions un mauvais parti à nos gardiens. Cela paraît d'abord une mauvaise plaisanterie. En considérant cependant que la France seule a résisté, et même triomphe de toute l'Europe, malgré ses troubles intérieurs, il n'est pas sans vraisemblance qu'on ait cru possible à un seul Français, la fourchette à la main, de faire mettre bas les armes à une garde de trente-deux soldats Autrichiens. M. Pitt, à qui nous coûtons si cher, et qui aime tendrement la Fayette, devrait être bien surpris de nous voir tous déguenillés, passant nos hivers en culottes de toile, et d'apprendre que la décence ayant forcé cependant de renouveller quelques vêtemens de la Fayette, depuis qu'il n'est plus seul, on lui a donné veste et culotte de bure, en lui disant que le drap coûtait trop cher pour lui. Ces dames éprouvent le même traitement, si ce n'est que depuis quelques jours, on y a joint l'agrément de plus, de les priver de la correspondance avec leurs parens et leurs amis.

(5) Quelquefois par l'aspect d'une tête abattue,
    Cette monotonie étant interrompue ,
    Du sang de la victime ils tracent sur mes fers :
    Souffrir et puis mourir, ce sont là de leurs vers.

Ceci n'est point exagéré, comme on peut le voir par le récit de la simple vérité. Le lecteur sensible comparera les vers au texte.

        Wesell, Magdebourg, Glatz, Neisse.

Un trou de six pieds sur quatre, creusé sous le rempart, dont la voûte humide et les murailles moisies laissent entrevoir la lumière, mais jamais le soleil, par une petite fenêtre grillée, le tout entouré d'une haute palissade, et fermé par quatre portes barrées et cadenacées, auxquelles (depuis les proclamations constitutionnelles des Anglais à Toulon) on en a ajouté une cinquième. On a orné la porte de ce logement, d'une inscription sur les bouts rimés :

           souffrir
           et mourir.

Deux sentinelles devant la grille; une la nuit, placée au-dessus de sa tête; un tintamare de chaînes et de clefs pour recevoir la pitance qu'il avale en présence du commandant, qui, le soir avant d'emporter sous son chevet l'énorme trousseau de clefs, vient s'assurer si la Fayette est bien là. La monotonie de la citadelle n'a été interrompue que par le spectacle d'une tête coupée, dont le sang a jailli jusqu'aux triples barreaux de sa fenêtre. Quoique la première révolution de ce régime ait manqué de le tuer; quoique sa santé, et sur-tout sa poitrine en souffrent beaucoup, l'indignation le soutient encore. La prison de Glatz était un souterrain : celle de Neisse, encore plus sombre et plus humide, ne laissait pénétrer dans sa profondeur, qu'un rayon de lumière reflétée d'une petite cour, vers d'étroites embrâsures fermées par des grilles de fer, et pratiquées dans un mur de huit pieds d'épaisseur. Enfin, transportés des cavernes prussiennes sur les terres de l'Autriche, le cabinet de Vienne a trouvé moyen d'enchérir sur les précautions cruelles du gouvernement prussien.

(6) L'infortuné Lameth a sans doute vécu.

L'intensité de l'emprisonnement de Magdebourg avait tellement exténué la santé de M. A. Lameth, que les médecins représentèrent vivement au roi le danger éminent de ce prisonnier. C'est alors qu'excédé de la défaveur que lui donnait dans l'opinion la captivité d'hommes qui n'étaient pas ses sujets, le roi de Prusse remit les quatre prisonniers à l'empereur. M. de Lameth fut excepté; son dépérissement journalier, ou plutôt son agonie, le mettait hors d'état d'être transporté. Sur ces entrefaites, madame de Lameth, sa mère, vient supplier sa majesté Prussienne de permettre que son fils allât prendre les eaux. Le roi accorda cette demande, et M. de Lameth y fut conduit par un détachement; depuis, la Prusse ayant fait la paix avec la France, et s'étant brouillée avec le cabinet de Saint-James, le roi délivra M. de Lameth aux sollicitations de madame sa mère.

(7) On dira que des fous ayant proscrit ma tête.

Parmi les contrastes remarquables de la révolution française, il n'en est point de plus étrange que de voir d'un côté la Fayette
appellé

appellé aristocrate et traître par les Jacobins; de l'autre, accusé
des désordres qu'il réprima avec la plus grande énergie , par
les gouvernemens mêmes, que la voix publique accusait alors
de les fomenter, et qui , par leurs intrigues secrètes contre le
défenseur de l'ordre public , par leur acharnement à retenir
dans les fers le seul homme qui , de l'aveu de tous les partis,
eût pu le rétablir en France , ont démontré qu'ils étaient eux-
mêmes les fauteurs de l'anarchie à laquelle ils affectaient de
vouloir s'opposer. Veut-on se former une idée juste des trois
prisonniers d'Olmutz ? Ils ont été proscrits par les Jacobins ,
traînés dans les cachots des puissances coalisées. Depuis le com-
mencement de la révolution, ils ont eu pour adversaires tous
les désorganisateurs et tous les antagonistes de la liberté. Un de
leur plus honorable titre , est la liste de leurs ennemis.

Qu'ont gagné les puissances par leur intrigue et leur persé-
vérante trame contre les honnêtes gens ? Ont-elles détruit la
déclaration des droits en emprisonnant son auteur ? Ont-elles
dissipé quatre millions de gardes nationales , en retenant au
secret celui qui les forma?... Ont-elles espéré tromper la nation
française, en lui parlant de constitution libre, de vœu national,
d'ordre public , lorsque ces vaines déclamations étaient réfutées
par ce seul mot : *Vous retenez la Fayette dans les fers.*
Qu'ont-elles gagné à cette horrible suite de carnage , de
meurtres , de pillage, d'assassinats juridiques qui, depuis le 10
Août, ont fait de la France un théâtre d'horreur ? Tous les
partis qu'elles ont acheté tour-à-tour, leur ont-ils valu d'autre
avantage que de multiplier les crimes inutiles ? A quoi leur a
servi la corruption des chefs militaires qui n'ont pas même su
leur livrer les plans qu'ils avaient vendus ? Et si l'on veut regarder comme un succès , que l'expérience tardive des généraux
ait rendu leurs victoires plus sanglantes qu'elles ne l'auraient
été sous Rochambeau et la Fayette, sont-ce moins des victoires?

Les projets des alliés pouvaient-ils réussir ? Puisqu'il est prouvé que tous leurs efforts n'ont produit que des maux si funestes à eux-mêmes , pourquoi faut-il que cette rage impuissante s'exerce encore sur trois individus qui , lorsqu'ils étaient libres, s'efforçaient de prévenir ces maux ? dont la proscription fut le signal des crimes , dont la détention a été le scandale de tous les honnêtes gens , et dont l'isolement (à présent qu'ils sont restés seuls dans les fers) donne une indication si précise et si peu honorable de ce qui excite particulièrement la haine et la vengeance des gouvernemens.

Ne dirait-on pas que les puissances coalisées craignent que l'Europe et la postérité n'oublient les folles prétentions annoncées dans leurs manifestes? Qu'on ne perde le souvenir qu'elles ont été forcées de recevoir la loi du peuple à qui elles comptaient si impérieusement la donner? Et que , lorsqu'elles sont contraintes de relâcher tous les prisonniers , dont les uns pendant toute la révolution , ont été évidemment les chefs Jacobins; dont les autres se sont publiquement honorés d'avoir été les meurtriers du roi, elles s'obstinent à retenir comme un monument de leur impuissance , trois hommes irréprochables , qu'on ne leur demande pas à coups de canon ?

(8) Le ciel ne voulut pas, intrépides guerriers,
Que votre fondateur partageât vos lauriers.

C'est à la Fayette que la France est redevable des gardes nationales. Si jamais l'excellence d'une conception politique fut démontrée par ses effets , c'est bien dans celle dont il s'agit. Ennemis ou partisans de la révolution , tous conviennent que la tranquillité dont Paris et la France ont joui pendant les années 1789, 90, 91, fut due à la fermeté et au zèle de la garde nationale et de ses chefs. Si leur infatiguable vigilance ont cela de commun avec toutes les polices de l'univers , que souvent elle ne peut empêcher le désordre de naître , elle eut du moins cette supériorité sur presque toutes les polices connues, qu'elle arrêta les progrès du mal avec aussi peu de violence qu'il soit possible, et sans jamais excéder la mesure de sévérité permise par la loi. Mais ces avantages, tout grands, tout précieux qu'ils sont, disparaissent devant l'éclat que cette institution a répandu sur la France dans le cours de la guerre présente. On a vu la nation Française armée en 1789, opposant à l'Europe en 1792, un fonds de quatre millions de citoyens soldats, assez instruits, assez disciplinés, puisqu'ils ont su vaincre, malgré les frénésies des anarchistes, l'inexpérience des officiers, les mutations fréquentes des généraux, même les trahisons de quelques-uns; on l'a vue, dis-je, déployer une puissance incomparablement supérieure à tout ce qu'elle en montra jamais aux époques les plus brillantes de son histoire, tromper tous les calculs politiques et militaires de ses ennemis, et bientôt on la verra recueillir, par une paix glorieuse, le fruit de sa constance et de sa valeur. C'est sur les rives de la Meuse, de l'Escaut, de la Moselle, du Rhin, de l'Isère, du Var et du Pô, qu'on peut trouver écrit le reste de ce paragraphe. Je n'insisterai pas sur des vérités de fait qui ne sont ignorées de personne; c'est affaiblir l'évidence que de vouloir la prouver.

(9) J'y consens, j'attends tout de fourbes léopards,
    Dont j'ai purgé jadis d'Américains remparts.

Il est certain que la source de la haine contre la Fayette remonte bien haut. Ce sont de grands torts auprès des ennemis de la liberté, d'avoir épousé la cause américaine, lorsqu'elle paraissait désespérée; d'avoir été en Amérique et en Europe un des principaux, et peut-être l'instrument nécessaire de son succès. Sans doute, si Washington, la Fayette et tous les autres chefs américains avaient été des tyrans, s'ils avaient régné par des supplices, si au lieu d'assurer leur succès par des talens militaires et d'habiles manœuvres, ils avaient prodigué le sang

4 *

de leurs troupes, et le peu de ressource que l'Amérique pouvait avoir, ils se seraient rendus très-agréables aux ennemis de son indépendance. Mais qu'eût gagné le peuple Anglais? Pas plus qu'au projet de contre-révolution française. L'asservissement des colonies aurait entraîné celui de l'Angleterre; et l'on peut être odieux aux gouvernemens injustes et arbitraires, mais on n'est l'ennemi d'aucun peuple lorsqu'on défend les droits du genre-humain.

(10) Cher la Rochefoucault, ta vertu libérale,
    Se répand-t-elle encor sur ta terre natale?

Voici comme le peint l'auteur des portraits, dont le jugement semble être le précurseur de celui de la postérité.

« L'amour de la justice paraît avoir été sa passion dominante. Patriote zélé, mais réfléchi, quand il soutint la cause populaire, quand il insista sur l'abolition de tous les privilèges, quand il plaida si généreusement en faveur de ces victimes humaines que la cupidité retenait en esclavage sous un autre hémisphère, l'équité parlait autant à son esprit, que l'humanité parlait à son cœur et la philosophie à son âme; car il avait cette philosophie douce, aimable et tolérante, dont les principes, cependant, laissaient à son caractère ferme et loyal, toute l'énergie d'un homme sage, qui est toujours lui; toute la dignité d'un homme public qui sait ce qu'il se doit à lui-même, et tous les égards que la prudence exige quelquefois envers ceux qu'un acte de justice a dû dépouiller des fruits de l'usurpation.

Ses principes en fait de liberté n'étaient pas douteux; ils étaient connus même avant la révolution. Aussi, se prononça-t-il de bonne heure en faveur du tiers-état, et il lui rendit un hommage bien remarquable dans la personne de Bailly, le jour où il voulut que son ordre lui envoyât une députation pour le remercier de la manière distinguée avec laquelle il avait présidé dans les tems difficiles : c'était après la fameuse séance du jeu de

Paume, séance qui avait alors couvert de gloire et le peuple et ses représentans.

Par-tout on retrouve dans la Rochefoucault le même homme, juste et sensible, moins curieux d'une réputation que jaloux d'assurer le bonheur de tous ses semblables.

La vénération qu'il s'était acquise avait laissé sa renommée intacte ; et telle était la droiture de ses intentions, que la calomnie même avait été forcée de le respecter pendant toute la durée de la session. A la clôture de l'assemblée constituante, il fut porté à la présidence du département de Paris, où sa conduite aurait encore ajouté à l'estime qu'on avait pour lui, si elle n'eût pas été déjà complette. Mais les événemens du 20 Juin 1792, et la destitution du maire Pétion, prononcée en département à la suite de cette journée, l'ayant mis dans le cas de donner sa démission avec tous ses collègues, un seul excepté, la journée du 10 Août le confondit avec ces conspirateurs que l'assemblée nationale eut à poursuivre. Il fut décrété d'accusation, et traduit à la haute cour nationale, devant qui les assassins de Septembre n'ont pas voulu qu'il pût comparaître »......

Sa mort déchira l'âme de M. de la Fayette, dont il était l'intime ami. Tous les deux aimaient éperduement cette liberté sage et humaine, qui causa les malheurs de tous les deux. La lettre suivante, de la Fayette à la Rochefoucault, est un monument précieux des principes généreux qui animaient les fondateurs de notre régénération sociale. On y verra avec quelle profonde et douloureuse sagacité, la Fayette prédit d'avance à son ami les funestes résultats des factions qui, dans les murs, hors les murs, travaillaient au bouleversement des loix nationales.

Lettre de M. de la Fayette à M. de la Rochefoucault, datée de Nivelle, le 25 Août 1792.

Où êtes-vous, mon cher ami ? Respirez-vous encore ? Serait-il possible que tant de vertus, qu'un amour de la liberté si constant et si pur, ait pu échapper à la proscription ? Je vous aime trop, je vous estime trop pour ne pas trembler pour vous; et je balancerais à vous écrire, si notre amitié n'était pas connue de tout le monde, et particulièrement des chefs dominateurs. Je ne leur apprends donc rien, en leur communiquant les affreuses inquiétudes auxquelles je suis en proie; et je sais que vous devez être impatient d'apprendre si je vis encore, et dans quel coin du monde je vais porter une tête proscrite, qui s'honore de l'avoir souvent mérité, mais qui ne devait pas s'attendre que ce fût au nom du peuple qu'on persécuterait le constant et inflexible défenseur de sa cause.

Depuis le 10 Août, il n'y a plus eu de communication entre nous : la grande majorité de l'assemblée s'était prononcée sur mon affaire; les violences du lendemain et celles du 10, les décrets qui furent rendus, tout me démontra que l'assemblée nationale n'avait pas été plus libre que le roi... J'avais toujours pensé que l'assemblée ne devait pas politiquement, qu'elle ne pouvait pas légalement changer sa constitution; il m'était alors évident qu'elle ne le voulait pas. Je souhaitais depuis long-tems que le corps législatif en secouant le joug des tribunes, que le roi en s'éloignant pour quelque-tems à la distance constitutionnelle, (Fontainebleau ou Compiègne) pussent démontrer aux puissances étrangères leur liberté, prendre avec elles le ton qui convient à notre indépendance nationale, et traiter dignement une paix que mon opinion, malgré mon intérêt, me faisait déclarer comme nécessaire; ou défendre énergiquement la constitution, en ralliant autour d'elle tous ceux que les désordres en ont éloignés; je ne sais si j'avais tort, mais l'utilité de cette conduite me paraissait plus claire que le jour. L'assemblée et le roi étaient trop faibles, ils étaient trop obsédés, les uns pour les jacobins, l'autre pour les aristocrates, pour qu'il leur fût possible d'écouter un homme qui, voulant l'ordre public, la liberté et l'égalité, ne convenait à aucune des factions.

Aussi-tôt que les crimes du 10 Août me furent annoncés, je vis la constitution renversée, ses défenseurs dispersés , la force publique désorganisée, et je vis sur-tout l'assemblée nationale et le roi également asservis ; car la captivité du roi , tout affreuse qu'elle est, a du moins l'avantage qu'il ne répond à la postérité d'aucun malheur public, au lieu que l'assemblée paraît être complice et même auteur de tout ce que la faction a jugé à propos de faire.

Je sais bien qu'on aura parlé de complots au château , d'intelligence avec les ennemis, de sottises en tout genre que la cour aura faites ; je ne suis pas son confident, ni son apologiste, mais l'acte constitutionnel est là , et ce n'est pas le roi qui l'a violé ; mais le château n'a pas été attaquer les fauxbourgs , ni les Marseillais n'ont pas été appellés par lui ; mais les préparatifs qu'on faisait depuis trois mois, c'est le roi qui les dénonçait; mais ce n'est pas le roi qui faisait massacrer les femmes , les enfans, qui livrait au supplice tout ce qui était connu par son attachement à la contitution ; qui a détruit dans un seul jour la liberté de la presse, celle des postes, le jugement par jury, la distinction des pouvoirs; enfin , tout ce qui assure la liberté des hommes et celle des nations. Dans ces cruelles circonstances, je me suis conservé fidèle à l'acte constitutionnel , soumis aux autorités constituées qui devaient immédiatement me requérir. J'ai espéré que tous les bons citoyens se ralliant à leurs municipalités, aux corps administratifs, obtiendraient la liberté de l'assemblée et celle du roi.

L'arrestation des commissaires était conséquente au parti qu'avait pris le département des Ardennes. Je crois que s'il y avait eu un peu d'énergie parmi ceux qui voulaient conserver encore la constitution , nous pouvions tirer l'assemblée nationale elle-même du mauvais pas où les violences l'avaient précipitée.

Mais tandis qu'avec des menaces d'assassinat et de pillage, on effrayait tous les citoyens, tous les hommes publics qui osaient s'élever contre le despotisme du jour, on prenait pour désorganiser l'armée, des moyens malheureusement trop efficaces : vous sentez qu'il n'en est aucune qui résiste aux efforts combinés du corps législatif et du pouvoir exécutif, sur-tout lorsqu'on n'a voulu donner aucun moyen judiciaire ; de manière qu'aucune faute ne peut être punie par la loi, que toutes sont récompensées et applaudies ; que la confiance dans les chefs, et l'attachement à la constitution qu'on a jurée, sont traités d'incivisme ; et qu'une foule de désorganisateurs, sous le déguisement de recrues, sont envoyés dans tous les corps. Déjà une division d'opinion toujours croissante, un relâchement progressif de discipline, une fermentation sourde m'annonçaient que l'explosion n'était pas éloignée. J'ai vu que le département des Ardennes et la ville de *Sedan* allaient être persécutés par tout ce qui gouverne actuellement.

Les querelles dans l'armée auraient fait couler le sang, sans remplir aucun but. J'avais tout tenté pour la liberté. A Paris, les poignards étaient levés sur mes amis ; il ne me restait plus pour conserver ensemble quelque force publique, pour sauver les autorités civiles qui avaient résisté comme moi à l'oppression, pour faire cesser la proscription de mes amis, pour échapper au décret d'accusation dont l'intention était bien antérieure à tout cela, et dont le résultat eût été un assassinat populaire ; il ne me restait plus, dis-je, qu'à épargner un crime à mes concitoyens, et à me soustraire aux dangers dont on m'entourait.

Je n'avais pas le choix du passage ; il m'eût mieux convenu de m'embarquer directement. Mais le pouvais-je ? Je me suis donc déterminé à traverser ce pays jusqu'à la Hollande. Tous mes soins ont été donnés à la sûreté de mon armée, dont j'ai rappellé les divisions un peu compromises. Vous sentez qu'étant

aimé

aimé des troupes, je pouvais emmener du mondè; mais une telle idée était aussi loin de mon cœur que de mes principes. J'ai renvoyé jusqu'à la dernière de mes ordonnances. Dix-sept officiers, dont je vous envoie la liste avec nos déclarations, et que cinq autres sont venus joindre, voilà tout ce qui est resté autour de moi de cette nation de vingt-cinq millions d'hommes, qui, dans des tems plus heureux, m'environnaient.

Alexandre Lameth, poursuivi aussi par un décret d'accusation, est venu me joindre à Bouillon au moment où je passais. Il s'est uni à notre caravane. — Nous avons passé sur le pays de Liège; à Rochefort, nous avons rencontré un poste Autrichien qui, par conséquent, était sur un territoire neutre. Cette circonstance m'a fait beaucoup de peine à cause de l'inconvenance des communications entre nous, mais non par aucun soupçon de ce qui nous arriverait. Bureau-de-Puzy a dit au commandant que nous n'étions plus militaires, que nous étions des citoyens français fermement attachés à la constitution, entièrement opposés aux Français porteurs de cocardes blanches, qui réclamions le droit des gens pour notre passage libre sur terre hollandaise. On nous a fait entrer, et nous avons été arrêtés, conduits de-là à *Namur*, et enfin ici, où l'on nous garde jusqu'à ce qu'on ait des réponses de Vienne.

J'avoue, comme je le disais au gouverneur de Namur, que les injustices d'un gouvernement arbitraire me touchent moins que celles du peuple. Il me paraît tout simple d'être vexé et maltraité ici, et si la coalition des puissances étrangères me persécute, j'attribuerai cet acharnement à des souvenirs dont je fais gloire.

Je vois qu'il est impolitique à la cour de Vienne de violer le droit des gens envers nous qui nous sommes montrés si opposés au jacobinisme dont elle se plaint, et auxquels elle ne peut reprocher que l'amour pour la liberté, et la fidélité à la consti-

5

tation dont elle a déclaré qu'elle n'était pas ennemie. Au reste, sans savoir si ce sera la politique ou la passion qui décidera notre sort, je suis plus à ma place sous une persécution méritée par mes sentimens populaires, que sous l'injustice du peuple envers son plus fidèle ami.

Si je recouvre ma liberté, je passerai dans un village d'Angleterre, parce que je ne puis m'arracher à l'intérêt que m'inspire ma patrie; mais dans le cas où le despotisme et l'aristocratie d'une part, et de l'autre les factions et la désorganisation me feraient perdre l'espoir de la voir libre, je redeviendrai uniquement Américain; et retrouvant sur cette heureuse terre un peuple éclairé, ami de la liberté et des loix, reconnaissant pour le bonheur que j'ai eu de lui être utile, je raconterai à mon respectable ami Washington, à tous mes autres compagnons de révolution, comment celle de France a été, malgré moi, souillée de crimes, traversée par des intrigues, et détruite par la corruption et l'ignorance, devenues les instrumens des plus viles passions.

Je n'écris qu'à vous, mon cher ami, et je vous prie de donner de mes nouvelles à mes amis, à tous ceux que vous savez s'intéresser à moi. Tâchez de voir les parens de ceux de mes compagnons que vous connaissez, et qui sont à portée de vous. Mille tendresses à ma famille. Adieu, je vous embrasse de tout mon cœur.   L. F.

Du 2 Septembre.

Notre situation n'est pas embellie depuis hier au soir; on nous avait demandé notre parole comme à des prisonniers de guerre; j'ai répondu que je ne coopérais pas par mon assentiment à une injustice, et qu'on n'avait pas le droit de nous retenir. Cette nuit, le major commandant notre garde a mis des sentinelles à ma porte et à celle de mes compagnons , qui ne peuvent venir dans cette maison qu'accompagnés d'une garde.

Au reste , je ne puis concevoir comment les gouvernemens arbitraires qui m'oppriment aujourd'hui, se laissent assez aveugler par des haines personnelles , pour ne pas comprendre qu'il était de leur intérêt de laisser un libre passage aux officiers constitutionnels , qui ne demandent qu'à se retirer en pays neutre. — Quoiqu'il en soit , vous savez bien que votre ami ne fera rien qui ne soit digne d'un homme libre , et qu'il est incapable de courber sous aucun joug illégitime.

C'est au moins une consolation, que ceux qui m'oppriment ici ne profanent pas le nom de la liberté , et que c'est tout simplement leur BON PLAISIR DE PAR LEQUEL ils nous emprisonnent.

(11) Me poursuivre en les miens ! en prisonnier d'état
      Traiter mon valet même ! et par un attentat
      D'gne de Phalaris , ravir de sa fenêtre
      Des œillets que sa main prit soin d'y faire naître !

Je pourrais remplir quatre pages de recherches de barbarie , de procédés brutaux d'un major de place , geolier en chef des prisons d'Olmutz. Je me contenterai de deux ou trois traits , qui feront juger combien il est digne de la marque de confiance qu'on lui a donnée. Cet homme s'étant apperçu que Felix , domestique de M. de la Fayette , tirait quelque amusement d'un petit jardin qu'il avoit trouvé moyen d'établir sur sa fenêtre , il n'a attendu, pour le pousser dehors avec sa canne, que le moment où les fleurs étant épanouies, donnaient quelques agrémens aux prisonniers. Un autre domestique de Pusy avait trouvé moyen , par des rainures adroitement pratiquées dans les murailles , d'escalader au haut d'une fenêtre extrêmement élevée... Le geolier l'a vu , a fait boucher la lucarne et

5 *

condamné ce malheureux à six mois de ténèbres, parce qu'il avait essayé d'élever ses regards vers la lumière et le ciel. Il a fait envoler les oiseaux d'un autre prisonnier ; et pendant six mois consécutifs, il a eu la cruauté de ne pas laisser sortir de la chambre du domestique de Maubourg un chien qu'il aime, afin de le forcer à se defaire de cette société par les inconvéniens qu'elle lui faisait éprouver. Au reste, ce major, dans tous ses rapports avec les prisonniers, joint à la brutalité naturelle de son caractère toute la grossièreté d'un homme sans éducation. Les autres officiers autrichiens, destinés à la garde de la Fayette, sont le contraste de ce major ; tous ont marqué aux prisonniers un intérêt qu'ils desiraient activer ; tous s'indignent de remplir un devoir atroce, et l'un des commandans de la citadelle est mort de chagrin de n'avoir pu tempérer la rigueur d'une détention plus terrible mille fois que les anciennes bastilles françaises.

> (12) Vers Batavie enfin, dirigeant ma retraite,
>   Selon le droit des gens, je passe, l'on m'arrête....

_Les premiers jours de la détention du général la Fayette eussent annoncé des suites moins funestes, si le despotisme ne flattait pas ceux qu'il veut perdre. Les prisonniers arrêtés à Rochefort, et delà conduits à Namur, le gouvernement de Bruxelles dépêcha à M. de la Fayette le prince de Lambesc pour parlementer avec lui. M. Duchateler, gouverneur de cette place, fit un acceuil honorable au général, lui parla avec une urbanité respectueuse, et sur la surprise que la Fayette manifesta de son arrestation ; M. Duchateler répondt : « quelle était momentanée, excusa sa cour sur les circonstances, dit qu'elle protégerait sans-doute un homme aussi recommendable, aussi sage défenseur de la vraie liberté, un citoyen inflexiblement attaché à des devoirs dont il était la victime : il ajouta même avec beaucoup de délicatesse , qu'il se trouvait heureux et flatté de rendre cet hommage aux vertus sociales et privées de l'ami., du rival de Washington ».

Il finit par annoncer au général que le prince de Lambesc allait paraître et converser avec lui. Le prince parut en effet. Il s'approcha de la Fayette. Tous les deux restèrent un moment dans le silence. Celui du prince était embarrassé , celui de la Fayette noble et réservé. Enfin l'homme proscrit s'adressant le premier à l'homme de cour , lui dit : Est-ce par une curiosité frivole , ou pour insulter à mon infortune, qu'on m'envoie M. de Lambesc dont on connaît la différence des principes avec les miens ? M. de Lambesc répondit avec politesse au général, le rassura, parla de la nuance légère qui séparait leur opinion; que le rapprochement serait facile ; que l'excès des derniers événemens faisait desirer pour l'Europe entière le triomphe de la constitution ; qu'il espérait la voir s'établir , et tous les partis se réunir à cette arche de salut public; qu'au reste, la cour ne parassait pas défavorable au général; qu'elle était bien loin, non-seulement de violer en sa personne le droit des gens , mais encore l'estime qu'on doit au malheur immérité, et qu'incessamment il recevrait un passe-port pour le pays neutre où il desirerait de fixer son séjour. Enfin , le prince Lambesc qui sûrement avait des motifs suffisans pour être ainsi aigri contre le nouvel ordre de choses établi en France , se montra dans cette entrevue plein de générosité pour l'homme dont il pouvait se déclarer l'ennemi. Deux jours après, l'on ménagea quelques demandes à la Fayette sur la position de la France , ses ressources, les moyens de la réduire.

De telles questions ayant renouvellé l'inquiétude et l'indignation du général , les pourparlers furent dès-lors interrompus, et la Fayette et ses compagnons , décidément prisonniers, furent conduits à Nivelle avec une escorte de cent hussards hongrois.

Les officiers de ce régiment témoignèrent aux prisonniers le respect, l'intérêt le plus touchant ; ils aimaient leur cause, ils plaignaient leur malheur, et gémissaient eux-même de la contrainte d'un devoir d'autant plus pénible à remplir pour eux, qu'il était injuste. Cependant on se flattait encore que les réponses attendues de Vienne auraient égard aux réclamations des captifs qui firent une déclaration générale signée de 23 officiers constitutionnels, pour différencier leur cause de celle des émigrés, et réclamer publiquement leur liberté. Voici la teneur de cette déclaration :

« Les soussignés citoyens français, arrachés par un concours
» impérieux de circonstances au bonheur de servir, comme ils
» n'ont cessé de le faire, la liberté de leur pays, n'ayant pu
» s'opposer aux violations de la constitution que la volonté
» nationale y a établie, déclarent : qu'ils ne peuvent être con-
» sidérés comme des militaires ennemis, puisqu'il ont renoncé
» à leurs places dans l'armée française, et moins encore comme
» cette partie de leurs compatriotes, que des intérêts, des sen-
» timens ou des opinions entièrement opposés ont portés à se
» lier avec les puissances en guerre contre la France, mais
» comme des étrangers, qui réclament un libre passage que le
» droit des gens leur assure, pour se rendre promptement sur
» un territoire dont le gouvernement ne soit pas en état d'hos-
» tilité contre leur patrie.

A Rochefort, ce 19 août, 1792.

Signés, LAFAYETTE, LATOUR-MAUBOURG, A. LAMETH, BUREAU-DE-PUSY, LAUMOY, A. MASSON, VICTOR MAUBOURG, DUROURE, CHARLES D'AGRAIN, LA COLOMBE, C. MAUBOURG, SICARD, V. GOUVION, L'ANGLAIS, V. ROMŒUF, A. ROMŒUF, L. ROMŒUF. SIONVILLE, CURMER, D'ARBLAY, PILLET, SOU-BEYRAN, CADIGNAN.

Cette déclaration fut insérée dans la gazette de Leyde, et suivie d'autres protestations. Rien ne fut écouté ; pour toute réponse on demanda leur parole d'honneur comme à des prisonniers de guerre. Le général répondit qu'il ne coopérerait pas par son assentiment à une injustice , et qu'on n'avait pas le droit de l'arrêter.. Alors le major commandant à Nivelle ordonna de placer des sentinelles à leur porte. L'on restreignit de jour en jour leur détention , et les dépêches étant enfin arrivées de Vienne, une partie de ces officiers reçut des passeports pour la Hollande , l'autre fut conduite à la citadelle d'Anvers.

Les quatre principaux membres de l'assemblée constituante furent plus strictement gardés que les autres , et confinés dans les cachots souterrains du roi de Prusse.

(13) C'était la trahison : par un crime arrêté,
    Un crime me devait remettre en liberté.
    Ma réponse fût breve..... etc.

M. de la Fayette, depuis sa captivité , ne s'est mis que deux fois en colère , et ces deux fois on osa le consulter contre sa patrie lorsqu'il était encore dans les prisons du monarque prussien. Le commandant de Wesel descendit dans l'oubliette du général avec un auditeur, pour lui montrer une lettre du roi son maître, qui proposait à la Fayette, *pour prix de sa délivrance et pour la cause commune , de lui donner des plans contre la France.* La Fayette répondit laconiquement : allez dire à votre maitre. . . . . de mêler mon nom à une pareille idée : l'intérêt des victimes et même des oppresseurs ne me permet pas d'oser écrire le mot spartain et justement dédaigneux du général la Fayette.

    Limeo danaos et dona ferantes.

(14) Lorsque les alliés , au bord des îles d'Hières ,.
      Changeant comme les flots dont ils étaient battus ,
      De nos dernières loix nous offraient les statuts , etc.

C'est vers ce tems que le duc Frédéric de Brunswick , frère
du grand manifesteur, voulut voir M. de la Fayette. Ce prince
l'avait connu chez le feu roi son oncle ; il avait été témoin de
l'estime et de l'accueil honorable que le grand Frédéric lui avait
fait. Le général la Fayette dut à la visite qu'il en reçût dans
sa tanière de Magdebourg, le plaisir de revoir ses compagnons.
Le prince et sa suite , composée de deux commandeurs , d'un
président civil , et d'un officier, furent entassés moitié dans le
trou , moitié sur le seuil de la porte. La Fayette ne voulut
rien avoir de confidenciel , et même il éluda toutes les questions relatives à son sort. La conversation roula sur les opéra-
tions militaires , sur la trahison de Dumouriez , le complot
de. . . . . . et du duc d'Orléans. Le prince fit part au général
d'un nouveau trait de Dumouriez qui le fit trembler pour tous
ses amis de la Hollande , et M. de la Fayette fut alors assez
heureux pour les faire avertir sur-le-champ , quoique le duc
de Brunswick assurât qu'on ne ferait pas usage de l'infidélité
du vainqueur de Gemmappes. Je n'appuyerai pas sur ce trait in-
généreux, parce que Dumouriez est dans l'adversité ,. et que sa
renommée est encore dans les balances de l'opinion.

Durant cette entrevue, M. de la Fayette fit au duc de Brunswick une seule réflexion , sur le contraste qu'il y avait à le
voir dans les fers des puissances , quand leur nouvel allié , M.
d'Orléans, ne lui pardonnait point de l'avoir si souvent empêché
d'assassiner le feu roi ; et par un persiflage amer , il se servit
de la supériorité que lui donnait sur elles la conduite des puissances étrangères. Cette visite , ainsi que l'aspect de leurs livides
visages, ne valut aux prisonniers qu'une promenade momentanée ;
                                                    mais

mais M. de la Fayette n'en fut pas moins sensible à la politesse
du duc de Brunswick.

(15) Pilnitz m'avait jugé ; c'est là qu'on décida
Impérialement, d'une voix infaillible,
Qu'un trône avec ma vie était incompatible.

Nous avons déjà dit dans la note 5 , qu'en la prison de Magdebourg on avait (depuis les proclamations constitutionnelles)
ajouté une cinquième porte ; en voici a raison et la conséquence :
qu'on juge si la logique des cours est beaucoup supérieure à celle
de Roberspierre.

Lorsqu'il fut question du sort des prisonniers dans le conseil
des puissances, où M. de Breteuil représentait le roi, on était convenu d'abord de relâcher les trois compagnons de la Fayette,
Latour-Maubourg, A. Lameth et Bureau-de-Pusy. Il fut observé
que M. de la Fayette n'était pas seulement l'homme de la révolution française, mais de la liberté universelle ; qu'indépen-
damment de l'Amérique , il existait des preuves de ses projets et
de ses vœux ; que par exemple il suffisait de sa présence pour
électriser la Hollande. Après que chaque membre , au nom de
son gouvernement , eut fait son panégirique , il fut arrêté que
l'existence de M. de la Fayette (ce sont les termes) était incompatible avec la sûreté des gouvernemens d'Europe.

(16) Écrire !... vain espoir ! En ai-je le moyen ?
Ne m'ont-ils pas ravi ce muet entretien ?

Encore qu'on refusât constamment aux prisonniers la douce
consolation d'envoyer ou de recevoir des lettres de leur parens
et amis , on les réunit un jour à Wesel , pour quittancer, en
présence d'un commissaire, les comptes de leur dépense. Ils
signèrent , mais non pas sans plaisanter ouvertement sur les
exactions et les vols dont un seul article suffit pour donner idée
du reste : c'est que la Fayette, surtout, à qui l'on avait sans

6

cesse refusé de dire si sa femme, ses enfans, ses amis, étaient morts ou vivans, a trouvé sur son compte, devinez quoi ?..... un mémoire de ports de lettres.

(17) Chère épouse, ces mots sanglans, ces mots
    Te provent comme on sait rafiner tous les maux
    Dans ces gouvernemens basés dessus la honte,
    Et dont le bâton seul, etc.

Il semble que certains gouvernemens du Nord soient d'une manière privilégiée les gouvernemens caporaux des autres gouvernemens de l'Europe. Ils sont royalement chargés de distribuer des coups de bâton, ou d'incarcérer tous les patriotes européens qui s'avisent de vouloir changer quelque chose aux loix de leur pays. Ils font parmi les états de l'Europe ce qu'ils exécutent dans leurs armées. La canne est leur niveau, le cachot leur équerre.

Brabançons, Anglais, Hollandais, Polonais, Français, soyez tout ce que vous voudrez dans vos états divers, même jacobins; pourvu que vous ne tentiez pas d'être libres, vous serez ignorez des tacticiens du Nord. Mais si par hazard, aux plus douces vertus, vous joignez celle de la bienfaisance humaine, d'une liberté sage, modérée, desirable pour tout les hommes, alors tremblez : le triple Cerbère n'aboye sur les bords de l'Achéron qu'après les ombres qui veulent sortir des enfers.

Æternum latrans, exsangues terreat umbras.
                              ÆNÉIDE, LIV. VI.

(18) Pour ces vils Phaétons, elle eût un Eridan.

Éridan, ou le Pô, fleuve d'Italie, où Jupiter foudroya le téméraire Phaéton.

(19) Si l'insurrection devenant légitime,
    Est le plus saint devoir des peuples qu'on oprime;
    Dans le gouvernement dont lui-même a fait choix,
    Un peuple vraiment libre est esclave des loix.

Les ennemis de M. de la Fayette l'accusent sans cesse d'avoir dit : L'insurrection est le plus saint des devoirs. Il faut être de bien mauvaise foi pour supposer qu'un homme à qui l'on accorde le sens commun, ait pu dire une sottise que le plus fougueux jacobin n'aurait pas dite. Ses calomniateurs forgent d'abord un phantôme qu'ils chargent des plus noires couleurs, et puis ils trouvent leur ouvrage horrible ; c'est bien naturel. Voici maintenant cette fameuse maxime, telle que la consacra la raison, la constitution anglaise, et celui qui le premier eut la gloire de la prononcer à la tribune, au moment où l'anarchie commençait à agiter ses flambeaux.

Roberspierre, au moment où l'assemblée nationale venait de se former, où les ordres s'étaient enfin réunis, s'agitait à la tribune pour arracher un de ces décrets désorganisateurs, qui depuis ont été la base de sa constitution de 1793, M. de la Fayette se déclare contre la motion de Roberspierre, qui malheureusement était appuyée, et dans un discours où il parlait d'ordre public, d'obéissance aux loix, de respect aux autorités, il dit : « Si la résistance à l'oppression est le plus saint » des devoirs, dans un gouvernement vraiment libre, c'est » l'obéissance aux loix ».

Et si le devoir de l'insurrection contre l'oppression eut été mieux pratiqué, la France aurait-elle souffert que trois mille ouvriers (comme leurs chefs en sont convenus eux-mêmes) eussent détruit, le 10 août, la constitution et les loix nationales ? aurait-elle souffert l'assassinat juridique du roi, de tant de citoyens, et tous les meurtres, les crimes de tout genre qui l'ont désolée pendant près de quatre ans ?

(29) Enfin, pour achever la législation,
     Usez de l'ascendant de la religion.

Peut-être est-il possible qu'un état existe sans religion, mais il est plus que permis d'en douter, lorsque l'histoire du monde sauvage ou policé n'offre aucun exemple d'une société d'athées,

6 *

et même de théistes. Il n'e-t pas un seul législateur fameux qu
n'ait cru que la religion ne fut le complément de la législation,
et qui n'y ait en conséquence fait intervenir la divinité. C'est
peut-être une erreur, une fourberie ;... mais il faut l'avancer,
c'est une erreur bien excusable (j'allais dire nécessaire) que
celle qui rend les hommes heureux. Il est extrêmement difficile
de faire mieux que les sages et que les siècles, qui se sont bon-
nement imaginés que la religion unie aux loix était la perfec-
tion de l'ordre social.

*Quantæ salutis sint fœderum religiones, quam multos
divini supplicii metus a scelere revocavit; quamque sancta
sit societas civium inter ipsos diis immortalibus interpositis
tum judicibus tum testibus?*   CICERONIS EGLOGÆ.

(21) . . . . que l'aveugle hazard
    Nous ait tiré des flancs d'Irus ou de César.

Irus ou Aruée, gueux du pays d'Ithaque, qui se mit au
nombre de ceux qui voulaient épouser Pénélope. Ulysse le tua
d'un coup de poing.

(22) Lorsque de vils tribuns, sur le char de Tullie,
    Au nom des droits de l'homme, écrâsaient la patrie. . . .

Tullie, fille de Servius Tellius VI, roi des Romains, fut
mariée à Tarquin le superbe, après avoir donné la mort à son
premier époux. Tarquin ayant voulu monter sur le trône de
Servius Tellius, elle consentit au meurtre de son père, l'an
533 avant J. C. Après cette horrible action, elle fit passer son char
sur le corps tout sanglant de son père. Ce monstre fut chassé de
Rome avec son mari, auprès duquel elle finit sa détestable vie.

(23) Et toi qui, par la fin glorieuse et funeste,
    De la mort du vrai sage offris l'aspect céleste, . . .

Voici comme l'auteur des portraits l'a peint,.... il est très res-
semblant. Par quel bizarre mélange de vanité et de philosophie,

d'esprit et de candeur, de *bonhomie* et de savoir, le premier astronome de son siècle, le citoyen le plus honnête, se trouvat-il jetté dans le tourbillon d'une révolution qui le couvrit de gloire, et l'emporta sur l'échafaud ? Sa réputation, plutôt encore que ses talens, quelque réels qu'ils fussent, l'avait placé successivement au corps électoral, aux états-généraux, au fauteuil de la présidence, et à la tête de la première commune de France. Si le *roi Bailly*, comme on l'appellait à la cour, à l'imitation de *Louis XVI*, avait montré tant d'énergie dans la séance du *Jeu de Paume*, par quelle flexibilité fut-il renommé pour la délicatesse de ses complimens ? Par qu'elle faiblesse souffrait-il que quelques misérables intrigans lui formassent une cour qui l'a perdu ? Le plus humain des hommes pouvait-il prévoir que sa bonté accoutumerait le peuple, qu'il voulait flatter, à se plaindre de sa molesse, à demander un jour aussi sa tête à lui-même, quand l'orgueil du maire aurait fait abandonner l'honnête homme à la discrétion de ses vils courtisans, quand la faiblesse aurait permis aux factieux de tout désorganiser ? Ainsi, la probité, la candeur d'un homme trop savant, trop philosophe et trop sensible peut-être, pour occuper la première place dans les orages d'une révolution, furent la première cause de tant de crimes atroces, dont le moins remarqué fut sa ruine.

Quelle agonie que celle de sa mort ! Quel courage que le sien ! Quelle grandeur d'âme dans ses derniers momens ! Etait-ce un homme ordinaire, celui qui, traîné du Palais au Champ de Mars, la figure couverte de boue et le visage brûlé avec les débris du funeste drapeau rouge, a vu déplacer de sang-froid le théâtre épouvantable de son supplice, parce qu'il plut à la foule de le prolonger ? Etait-ce un homme pusillanime celui qui, de ce ton calme, qui n'appartient qu'à la vertu mourante, répondit sans aigreur, à l'un de ces monstres à figure humaine

qui lui disait ironiquement : *Tu trembles Bailly*. . . . . . .
C'est de froid, dit le sage. . . · .

Il mourut là, où jadis un décret lui avait ordonné de publier
la loi martiale , où les représentans de la nation lui avaient
ordonné de repousser des factieux. Il y mourut chargé de l'exécra-
tion du peuple, après en avoir été la plus respectable idole.

(24) Qu'il soit digne toujours des parens dont il sort.

De la Fayette actuel, c'est tout dire. Louise de la Fayette,
tendre amie d'Anne d'Autriche et de Louis XIII son époux ,
ne se servit du crédit qu'elle avait à la cour qu'afin d'y faire
régner la concorde et la vertu. Le roi qui sentait le fardeau
des chaînes dont le liait le cardinal de Richelieu , cherchait des
consolations dans l'aimable société de mademoiselle de la Fayette.
Jalouse de la gloire de ce prince, elle l'exhortait à gouverner
par lui-même, et à reprendre sa liberté. Richelieu qui redoutait
plus la vertu de cette dame illustre , que les ennemis de l'état ,
fit jouer les plus vils ressorts de l'intrigue pour refroidir envers
elle l'amitié du prince ; mais toujours plus adorée , mademoiselle
de la Fayette se crût enfin obligée d'éviter silencieusement les
poursuites du monarque , et sans ostentation , elle mit entre elle
et lui les barrières d'un couvent. Elle réussit même à ramener
ce prince auprès d'une épouse qu'il n'aimait pas. Anne d'Autriche, reconnaissante envers mademoiselle de la Fayette , l'en-
gagea souvent à reparaître à la cour : ses efforts furent inutiles :
elle resta dans le cloître , montrant à la France étonnée l'exemple
d'une fille charmante , qui dans l'âge des passions, au milieu
des espérances les plus brillantes, s'immolait elle-même pour ne
pas entraîner dans sa chûte un prince qu'elle aimait. Ce cloître
fut l'Olmutz volontaire où elle sacrifia sa liberté à son devoir.
Morte en 1661.

(*Voyez Intrigues du Cabinet sous Henri IV et Louis*
XIII , par Anquétil).

Marie Madelaine de la Fayette , protectrice des beaux arts , auteur de très jolis ouvrages qui sont entre les mains de tout le monde , de Zaïde , du Prince de Clèves , etc.

Les romans de Madame de la Fayette furent les premiers , dit l'auteur du *Siècle de Louis XIV* , où l'on vît les mœurs des *honnêtes gens* et des avantures naturelles écrites avec grâce.

Cette femme célèbre était amie de madame de Sévigné , de la Fontaine , de la Rochefoucault , de Huet , de Ménage , de Segrais , etc ; elle disait avec satisfaction : « M. de la Rochefoucault m'a donné de l'esprit , mais j'ai reformé son cœur »..... C'est elle qui comparait les sots traducteurs à des laquais qui changent en sottises les complimens dont on les charge. De toutes les louanges que lui donna son siècle , aucune ne la flatta d'avantage que celle d'avoir le jugement au-dessus de son esprit , et d'aimer le vrai en toute chose. Ces deux qualités qui la firent honorer d'un des plus beaux siècles , ont conduit son petit fils aux carrières D'Olmutz.

Gilbert de la Fayette , maréchal de France , se distingua à la bataille de Baugé , dans l'Anjou , l'an 1421 , fut fait prisonnier à la journée de Vermeuil , et après sa délivrance , contribua beaucoup à chasser les Anglais du royaume.

Je n'ai point nommé ces trois illustres personnages pour faire la généalogie de la Fayette ; il n'en a pas besoin ; mais pour arrêter un moment le lecteur sur la conformité de caractère dans cette famille illustre , prête à s'éteindre dans Olmutz ; parce que tel est le bon plaisir du gouvernement autrichien ; que M. Pitt insulte , paye et méprise , tout en lui continuant le titre de son premier porte-clef.

(25) J'expérimente ici ce qu'est l'homme à la chaîne.
  Remets en liberté nos nègres de Cayenne.

M. de la Fayette avait toujours eu à cœur de mettre en état de simple domesticité les nègres nombreux qu'il a dans ses vastes

plantations de Cayenne. Lorsqu'il fut obligé de quitter la France,
en 1792, il recommanda spécialement à sa femme de donner
la liberté à ces infortunés, que depuis l'on rendit si criminels...
Bien avant la révolution, M. et madame de la Fayette avaient
formé ce projet pour leurs nègres, qui goûtaient sous leur douce
autorité cette indépendance soumise au seul ascendant des
vertus...

(26) Adieu, vous aussi, vous dont la mâle éloquence
     Dans le Nord indigné fait tonner ma défense.

Je voudrais pouvoir exprimer ici tout ce que M. de la
Fayette éprouve de gratitude, d'amitié, d'admiration pour les
officieux et excellens écrivains qui, surtout en Angleterre
et en Allemagne, ont pris à tâche de parler périodiquement
de l'injustice d'une détention qui viole les droits les plus sacrés
de l'ordre social. Parmi les hommes de lettres, ou les citoyens
les plus distingués, qui les uns hautement, les autres d'une
manière tacitement diplomatique, se sont établis les dignes
avocats de M. la Fayette, l'humanité se glorifie de compter
Washington, Fox, Fitz-Patrick, Shéridan, Grey, le prince de
Rosemberg, le duc Frédéric de Brunswick, Klopstock, Willand,
Archenholtz, Hennings, l'ambassadeur Barthelemi, Pastoret,
Rœderer, Lanjuinais, Dumas; les plus purs républicains français,
gouvernans, généraux ou soldats : d'illustres bannis, tels que
Taleyrand, Périgord, Mounier, Lally, Motesquiou.... mais je
me plais à nommer quelques hommes, dont le nom seul est un
éloge, car pour rappeller ici tous les défenseurs des prisonniers
d'Olmutz, il faudroit compter tous les êtres pensans et sensibles
dans les deux hémisphères.

Les Allemands sont tellement indignés de cette injustice,
commise sur leur territoire, que plusieurs d'entre eux ont essayé
plusieurs fois de délivrer le général la Fayette et ses compagnons.

gnons. Dans les translations diverses de cachots , on jettait les prisonniers dans une charette munie , en cas de besoin , de chaînes et de menottes. On se flattait de produire un bon effet en Allemagne en promenant ainsi le général la Fayette; l'attente de ses ennemis fut trompée; il reçut en route les plus grandes marques de bienveillance; des personnes inconnues tentèrent de le délivrer , et préparèrent ainsi le dévouement héroïque du médecin hanovrien Bollmann et du jeune américain Huger.

Le digne confident du grand Frédéric , le comte de Hertzberg , voulut, avant de mourir , faire connaître , et fit en effet parvenir aux prisonniers, dans les cachots de Magdebourg : « Qu'il » avait manifesté toute son horreur pour un traitement dont ils » étaient victimes, et que c'était une iniquité dont il rougissait » pour son pays »…. Ainsi, S. M. Prussienne, pour n'être pas plus long-tems chargée de l'odieux de cette détention , se vit obligée de les relâcher au cri d'indignation qui, de toutes parts, éclata dans ses provinces , dans sa cour et jusqu'au sein de sa famille.

(27) Et quelle expression, quel terme assez sublime
    Vous peindrait l'amitié qui pour vous me ramine!
    Bollman, Huger, etc.

On connaît l'entreprise du médecin Bollmann et du jeune Huger , fils de l'homme chez lequel le général la Fayette avait débarqué la première fois en Amérique. Bollmann étant parvenu , après plusieurs mois de tentatives infructueuses , à faire tenir secrètement un billet , accepta la proposition la plus hardie; se rendit à Vienne, en ramena le jeune Huger, et tous les deux , au moment où M. de la Fayette ayant écarté quelques-uns de ses gardiens, s'efforçait de désarmer l'homme qui était resté près de lui, tentèrent de l'enlever. M. de la Fayette se donna un violent effort dans les reins , et laissa un morceau de ses doigts entre les dents du caporal geolier , contre lequel il eut à se dé-

7

fendre ; mais ses généreux libérateurs parvinrent à le mettre à cheval avec un tel oubli de leur propre sûreté, qu'ils eurent peine à trouver leurs chevaux pour s'échapper eux-mêmes. M. Huger fut bientôt pris. M. de la Fayette, séparé de Bollmann, le fut ensuite à huit lieues d'Olmutz, d'autant plus facilement, qu'il était sans armes. Enfin, le roi de Prusse n'eut pas honte de renvoyer à l'empereur, Bollmann, arrêté sur son territoire.

Depuis cette époque, la maladie de poitrine dont M. de la Fayette était menacé, devint de jour en jour plus dangereuse. On le laissa sans secours avec une fièvre continue et des redoublemens, pendant le plus rude des hivers. D'abord, entièrement privé de lumière, puis n'en ayant que jusqu'à huit heures du soir, sans possibilité de secours pendant des nuits de quatorze heures, les clefs étant portées à l'extrémité de la ville. Couché sur un méchant grabat de paille, pour comble de misère, il était réduit à deux chemises, et n'en pouvant obtenir une troisième pour changer pendant les sueurs de la fièvre. Le chirurgien qu'on laissait entrer pour panser le doigt haché dans sa lutte, avait défense de lui parler, et de se permettre sur son état, une réflexion ni un conseil ; à ses questions, sur le sort de ses généreux libérateurs, il obtenait pour toute réponse : *comment les savez-vous ici ?* Torturé par la crainte de les avoir conduits au supplice, car le général d'Arco lui avait dit le premier jour qu'ils seraient pendus devant sa fenêtre, et qu'il servirait avec plaisir de bourreau, il fut confirmé dans ses alarmes par les interrogatoires qu'on lui fit subir, comme partie d'une procédure criminelle. Enfin, excédé de tout ce qu'on put inventer de plus propre à lui persuader, ou qu'ils étaient exécutés, ou qu'ils le seraient bientôt, on peut regarder, comme une sorte de miracle, que dans l'état de marasme où il était alors, il ait résisté aux affreux supplices de son âme, pendant six mois qu'a duré la détention de ses héroïques amis.

(28) Je n'approuverais pas tes généreux desseins.
Chère épouse, ils seraient aussi tes assassins.

Tandis que M. de la Fayette souffrait si cruellement dans les prisons d'Olmutz, sa femme, incertaine de son existence, et condamnée à d'éternelles douleurs, attendait chaque jour dans les prisons de Paris, l'horrible supplice par lequel avait péri la meilleure partie de sa famille. La chûte du tyran lui sauva la vie; mais elle ne recouvra que long-tems après sa mort, et sa liberté et les forces nécessaires pour exécuter son dessein. Débarquée à Altona le 9 Septembre 1795, elle partit pour Vienne avec un passe-port américain, et parvint dans cette ville avant qu'on pût être prévenu de son dessein et armé contre ses réclamations.

Le prince de Rosemberg, touché de sa démarche et de ses vertus, obtint pour elle et pour ses filles, une audience de l'empereur, dont les traits les plus caractéristiques vont être fidèlement rapportés. Madame de la Fayette réclamant la liberté de son mari, l'empereur lui répondit:

« Cette affaire est compliquée, j'ai les mains liées là-dessus,
» mais j'accorde avec plaisir ce qui est en mon pouvoir, en
» vous permettant de le joindre. Je ferais comme vous, si j'étais
» à votre place. M. de la Fayette est bien traité, mais la pré-
» sence de sa femme et de ses enfans sera un agrément de plus».

Madame de la Fayette parla des autres prisonniers, et en particulier des domestiques de M. de la Fayette, qu'elle savait avoir beaucoup souffert, et dont l'affaire ne pouvait être compliquée. On lui permit très-gracieusement d'écrire pour eux d'Olmutz, et de s'adresser directement dans ses demandes à sa M. I. Madame de la Fayette, trompée par l'accueil qu'elle avait reçu, écrivait sur le chemin de Vienne à Olmutz, « qu'elle s'étonnait
» de se trouver encore susceptible de tout le bonheur dont elle
» commençait à jouir ».

7 *

Il est facile de juger qu'elle impression dut recevoir M. de la Fayette à l'apparition subite de sa femme et de ses enfans, dont l'existence était depuis long-tems pour lui un objet de crainte et d'incertitude ; et ce que ses tendres filles dûrent éprouver avec leur mère, à l'aspect de ses membres décharnés et de son extrême pâleur : mais on ne s'attend pas à voir interrompre leurs embrassemens, par l'exigence de tout ce que les voyageuses apportaient avec elles. On leur prit leur bourse fort mal garnie, et l'on se jetta avec empressement sur trois fourchettes considérées comme instrumens de suicide, car on savait devoir en inspirer la tentation.

Sur un traitement si peu attendu, madame de la Fayette demanda de parler au commandant; on lui répondit qu'il avait défense de l'écouter, mais qu'elle pouvait lui écrire. Elle demanda d'écrire à l'empereur, conformément à la permission qu'elle en avait reçue; on s'y opposa, en lui disant que ses demandes au commandant seraient portées à Vienne. Elles consistaient à entendre la messe les dimanches, à avoir une femme de soldats pour servir ses filles, et à l'être elle-même, ainsi que M. de la Fayette, par un de ses domestiques. Point de réponses à toutes ces demandes, ainsi qu'à celle de voir M. de Latour-Maubourg et M. de Pusy, si ce n'est celle-ci : *Madame de la Fayette s'est soumise à partager la captivité de son mari.* Enfin, la santé de cette malheureuse femme, altérée par vingt mois de prison et d'affreux chagrins en France, donnant plusieurs symptômes d'une prochaine dissolution du sang, elle crut devoir tenter quelque chose pour sa conservation, et écrivit à l'empereur pour lui demander la permission de passer huit jours à Vienne, d'y respirer de l'air salubre, et d'y consulter un médecin. Après deux mois d'un silence qui suppose l'obligation de consulter pour les moindres choses, le commandant, inconnu jusques-là des prisonnières, entra chez elles, ordonna, sans qu'on sache pourquoi, que les jeunes personnes fussent mises

dans une chambre à part, signifia à madame de la Fayette
la défense de jamais paraître à Vienne, et lui donna la permission de sortir, à la condition de ne jamais rentrer; il lui
prescrivit d'écrire et de signer son choix. Elle écrivit :

« J'ai dû à ma famille et à mes amis de demander des secours né-
» cessaires à ma santé; mais ils savent bien que le prix qu'on y
» attache n'est pas acceptable pour moi. Je ne puis oublier que
» tandis que nous étions prêts à périr, moi par la tyrannie de
» Roberspierre, M. de la Fayette par les souffrances physiques
» et morales de sa captivité, il n'était permis d'obtenir aucune
» nouvelle de lui, ni de lui apprendre que nous existions encore,
» ses enfans et moi. Je ne m'exposerai pas à l'horreur d'une autre
» séparation. Quel que soit donc l'état de ma santé, et les incon-
» véniens de ce séjour pour mes filles, nous profiterons avec
» reconnaissance de la bonté qu'à eu pour nous sa M. I. en nous
» permettant de partager cette captivité dans tous ses détails ».

Signé * * *

A partir de ce moment, aucune réclamation n'a été faite, et
ces malheureuses respirent dans leurs chambres, qu'on peut
appeler cachots, un air si infect par les exhalaisons d'un égout
et des latrines de la garnison, placées près de la fenêtre de M.
de la Fayette, que les soldats qui leur portent à manger, se
bouchent le nez en ouvrant leur porte.

Le refrein des personnes puissantes ou en crédit, qui entendent
réclamer contre ces barbaries, est: *madame de la Fayette a
voulu partager le sort de son mari; elle n'a pas droit de se
plaindre.* Autant vaudrait dire : *Tout est permis contre M. de
la Fayette; la vie de sa femme et de ses enfans n'est pas
digne d'arrêter un quart-d'heure notre vengeance.*

(29) Trois des représentans d'une nation fière,
     Qu'en eux l'Autriche insulte et retient prisonnière.

Depuis que la coalition, formée pour l'asservissement de la nation
Française, a borné ses projets contre-révolutionnaires à la per-

sécution de trois hommes , le public est curieux de tous les détails relatifs à ces martyrs d'une liberté unie à la monarchie.

La Fayette est suffisamment connu dans le monde , non-seulement à cause du rôle précoce, décisif et principal qu'il a eu dans la révolution française, mais encore par celui qu'il remplit si glorieusement en Amérique. Il avait 19 ans lorsqu'en 1776 il adopta cette cause , à son époque la plus désespérée, et 24 ans. lorsque, dans la campagne de 1781, en Virginie, il commandait en chef l'armée Américaine. Ce général doit avoir à présent 38 à 39 ans, dont près de cinq ont été misérablement perdus dans les cachots coalitionnaires.

M. de Latour-Maubourg, élévé avec lui et toujours le plus cher et le plus intime de ses amis, était né avec tous les avantages d'une naissance illustre, d'une grande fortune et de terres particulièrement priviligiées. Il fut un des premiers à tout sacrifier à la cause populaire. Colonel d'un régiment avant la révolution, et hautement estimé dans l'armée, sa place de député à l'assemblée constituante ne fit que retarder sa promotion, et il ne put être officier général qu'à son rang. Ses opinions à cette assemblée furent toujours dictées par l'amour le plus pur de la liberté et de l'ordre public , fondé sur le respect des loix. Les jacobins ayant excité des désordres et soulèvemens parmi quelques troupes placées à Avignon , où ils s'essayaient aux horreurs qu'ils ont ensuite répandues par-tout, L. J. Maubourg y alla rétablir la discipline militaire , et sa fermeté patriotique triompha de toutes les factions. Tout le monde convient que son désintéressement supérieur à toute sorte d'ambition , et ses rigides sentimens de franchise et d'honneur , ont toujours, et au milieu des grands orages, été tellement respectés de tous les partis, que jamais, ni sa conduite , ni ses paroles, ni ses motifs n'ont été l'objet de la plus légère calomnie. Et c'est cet homme adoré de son épouse, de ses six enfans, de quatre frères et sœurs qui le regardent aussi comme leur père , toujours chéri, respecté par ses amis, par ses

collègues, par ses soldats, qui depuis quatre ans, est traîné dans
les cachots d'Allemagne, enseveli depuis plus de deux ans dans
son horrible cellule d'Olmutz, hors de laquelle il n'a pas mis le
pied ! Sa santé, jadis vigoureuse, dépérit chaque jour au gré de
ces gouvernemens barbares, qui ne peuvent lui reprocher que
d'avoir toujours voulu que ses concitoyens fussent libres, justes
et heureux.

M. de Pusy, à qui la révolution n'a aussi valu que le plaisir
de faire des sacrifices patriotiques, distingué par ses talens
dans le corps du génie et dont le caractère est chéri de tous
ceux qui le connaissent, modéré dans ses opinions politiques,
a toujours été lié au parti de la Rochefoucault et la Fayette.
Ce fut M. de Pusy que l'assemblée constituante chargea de
la belle division départementale de la France. Ce fut aussi
lui qui, élu trois fois président de cette assemblée, fit prêter
en février 1790, le premier serment constitutionnel. Il épousa
avant la guerre une femme jeune et charmante, qu'il laissa en-
ceinte pour joindre l'armée ; de manière qu'il n'a pas encore
eu le bonheur de connaître son enfant. Au mois de juillet 1792,
il fut appellé à la barre de l'assemblée législative pour éclairer
une ridicule accusation, d'avoir porté de la part de la Fayette
à Luckner, un message anti-constitutionnel, qui par les lettres
originales des deux généraux, et de l'aveu même des accusa-
teurs, se trouva être une proposition faite par la Fayette et re-
fusée par Luckner, d'attaquer à Mons; il y parla contre les
jacobins avec autant de dignité que de patriotisme.

(30) Ils seront donc proscrits, et pour de tels bannis,
　　L'Europe devient donc l'oreille de Denis !

Denis, tyran de Syracuse, l'an 405 avant J. C., consacra sa
défiance tyrannique, par un monument qui subsiste encore aujourd'hui. C'est une caverne immense appellée l'Oreille de Denis
le Tyran. Elle est creusée dans le roc et se trouve absolu-

ment façonnée en oreille humaine. Elle a 80 pieds de hau-
teur sur 250 de longueur. Elle était construite de manière que
tous les sons qui s'y produisaient étaient rassemblés et réunis
dans un foyer, en un point qui se nommait le tympan. Denis
avait fait pratiquer au bout du tympan un petit orifice qui com-
muniquait dans son appartement. Il appliquait son oreille à ce
trou, et pouvait ainsi entendre distinctement tout ce qui se
disait dans la caverne. Telle était la prison d'état de ce despote.
C'est-là qu'il ensevelissait tous les citoyens qui parlaient de liberté,
ou qui n'applaudissaient pas à ses vers. Olmutz est le pendant
de cette caverne, c'est l'oreille de Pitt et de Thugut.

La lettre suivante de Georges Washington la Fayette à son
père, envoyée par *duplicata* de Londres, arriva le 19 avril
1796, à Altona. M. de la Fayette ignorait absolument, avant
que sa femme l'eut joint, s'il existait encore un seul individu
de sa famille... On prenait même un affreux plaisir à le laisser
incertain sur le sort de Maubourg et de Pusy, enfermés dans le
même cachot que lui... On lui disait, tantôt qu'ils étaient morts,
tantôt qu'ils étaient mourans. Il faut avouer que la tyrannie
jacobite était bien moins rafinée que celle des rois : du moins,
les monstres de l'anarchie ne déchirent que les corps.

Lorsque les prisonniers furent conduits à Olmutz, en entrant
dans cette forteresse, on les dépouilla de ce que les prussiens
leur avaient laissé, qui se réduisait à leurs montres, leurs
boucles de jarretières et de col. On leur confisqua quelques
livres, dans lesquels se trouvait le mot *liberté*, et nomement
l'esprit et le sens commun : sur quoi, M. de la Fayette demanda *si le gouvernement les regardait comme objets de
contrebande*. On déclara à chacun d'eux, en les renfermant sé-
parément dans leurs cellules: « Qu'ils ne verraient plus à l'avenir
que leurs quatre murailles ; qu'ils n'auraient de nouvelles ni
des choses, ni des personnes ; qu'il était défendu de prononcer
leur

leur nom , même entre les geoliers , et dans les dépêches à
la cour, où il ne seraient plus désignés que par leurs numéros;
qu'ils ne seraient jamais rassurés sur leur propre existence, ni
sur leur existence réciproque, et que cette situation portant natu-
rellement à se tuer, on leur interdisait couteaux, fourchettes ,
et tous les moyens quelconques de suicide.

On a lieu de croire qu'à cette époque M. Camus corres-
pondait ouvertement de Pruym avec sa famille ; il est certain au
moins que M. Beurnonville et Bancal se promenaient tous les jours,
et que M. Beurnonville avait son domestique logé avec lui, tandis
que le commandant alors, qui était fort honnête, ne put obtenir
la même grace pour M. la Fayette et ses compagnons , Maubourg, Pusy , qui n'ont pas sorti depuis 30 mois de leurs horribles cellules:

(31) Ma femme, mes enfans!..... Que je plains votre sort!
    Le mien n'est que trop sûr ! . . . .

MON PÈRE,

Ne vous verrai-je plus? Est - ce donc pour toujours que des
ennemis puissans, des ennemis que vous n'avez point offensés
vous arrachent à votre fils, à vos amis, aux amis de l'humanité?
Encore que je sois libre , ô mon bien aimé père ! je me sens
accablé des chaînes que vous portez; un vide affreux occupe
mon âme; je me trouve seul au milieu de ma nouvelle famille,
de ma seconde patrie..... Vous n'y êtes pas. Mes yeux noyés de
larmes ne s'ouvrent plus sans chercher quelques tendres objets.
Au printems de mes jours, j'entrai dans la carrière du malheur ;
faible, abandonné de mes parens, je n'ai de force que pour sentir
toutes les privations de mon âme, et je demande au ciel à qui
donc sa bonté réserve les douceurs de la vie, si la jeunesse et
l'innocence ne mettent pas à l'abri des plus grands maux. Oh
mon père! oh ma mère! par quelle fatalité suis-je orphelin avant
même que la mort vous ait frappé. Votre voix, mes soupirs
rien d'un fils ou pour un fils ne peut-il arriver ou sortir de vos

8

cachots. N'est-ce donc point assez d'être loin de son pays,
enfermé dans des prisons étrangères, pouvait-on y joindre encore
la cruauté de vous priver des nouvelles de votre famille, de vos
amis? Avant que ma mère et mes sœurs fussent ensevelies avec
vous, votre âme isolée ignorait donc si nous vivions encore?
est-ce aussi par le sentiment qu'on veut assassiner mon père?
O vous qui le retenez captif! vos cœurs sont-ils fermés à la voix
de l'humanité trahie, aux accens de l'amitié, aux pleurs, aux
vœux de l'amour filial? Serait ce donc pour vous seul que se tait
la nature? Pour vous rendre sensibles à sa voix, vous faudrait-il
un ôtage? je m'offre à vous; quoique tout jeune encore, j'aurai
la force de porter les fers de mon père. Qu'alors il me seront
légers! Mais lui qui les traîne depuis quatre éternelles années, il
en est accablé, il ne pourra long-tems les soutenir; son physique
n'est pas si fort que son courage, il succombera..... Quoi! celui
qui consacra sa vie au bonheur de ses semblables, qui, dans sa
première jeunesse en faisait sa plus douce occupation, lui qui,
dans sa captivité même, songeant à rendre heureux et libres ses
nègres de Cayenne, les recommande à sa femme à son fils. Quoi!
celui qui fit tout pour la liberté, mon père mourrait dans une
prison! il mourrait! Mon père, ma mère, mes sœurs je ne vous
verrais plus!.... Les prisons d'Olmutz seraient vos tombeaux!
O ma patrie! où laisse-tu tes enfans?.... Tes plus chers enfans!
Est-ce injustice? est-ce oubli? l'un et l'autre est affreux autant
qu'immérité.

Le général Washington s'efforce avec bonté d'éloigner de
moi ces tristes pensées, de ranimer mon espérance abattue. Il
cherche à me tenir lieu de vous, et mon amour trompé croit
souvent vous retrouver dans ses soins paternels, où vous entendre
dans ses discours, me former à l'adversité. Ce bon, ce généreux
M. Frestel, justifie par ses soins attentifs le digne choix
que vous fîtes de lui pour mon éducation; jamais je n'en sentis
mieux le prix. Errant avec moi sur les côtes de notre patrie

Mentor prévoyant, il a partagé les dangers qui nous attendaient alors, si l'on nous eût reconnu. Il a favorisé mon embarquement. C'est à son empressement que je dois à M. Roussel de m'avoir pris dans son navire et de m'avoir rendu tant de services à Boston. L'accueil touchant, hospitalier que j'ai reçu du peuple Américain, la considération, les témoignages de reconnaissance avec lesquels il a accueilli le docteur Bollman après la généreuse tentative que M. Huguer et lui firent pour votre délivrance, sont de sûrs garants de la réception qu'il destine à l'un de ses plus chers concitoyens. Quelques amis tournent souvent mes regards sur ces monumens que vous éleva leur amour reconnaissant, et cet aspect, en embrâsant mon âme de la passion de la gloire, me rend encore plus sensibles les malheurs et l'absence cruelle d'un père, qui me laisse tant de vertus à imiter et tant de vengeances à..... Grand Dieu! repoussez ces derniers sentimens de mon cœur: tout justes qu'ils soient, la vertu n'ose les exercer, et c'est à vous qu'elle remet le soin de son injure. Ah! du moins, si nos ennemis plus touchés de ma peine, que des menaces que l'amour filial pourrait m'inspirer, donnaient à mon père la paix et la liberté!.... Mais que puis-je attendre?... Ils ont été sourds à la supplique, aux larmes d'une épouse, d'une mère et de ses filles. Ils ont empêché l'empereur d'être un homme, un empereur que l'on dit cependant sensible et généreux. Je lui demande, du moins à sa majesté, si la raison, si ma faiblesse me défendent ou de poursuivre, ou de lui découvrir les ennemis de ma famille; je lui demande une grace dernière... Je viendrai me livrer à lui; qu'il me réunisse à mes parens, qu'il ait tout notre sang, nos ennemis seront alors satisfaits.

Lorsque la respiration d'un air impur, stagnant dans les cachots; quand le poids des fers, les anxiétés, les injures de nos tyrans subalternes auront terminé notre carrière infortunée, sans doute l'empereur se souviendra-t-il alors de sa puissance pour être juste, c'est-à-dire, pour éprouver les remords d'une justice trop tardive , à la lenteur de laquelle il semble que la providence attache avec les défaites multipliées de ses armées , la consolation des victimes d'Olmutz , et la vengeance légitime de tous les amis de l'humanité.

Adieu chers et dignes parens, mon cœur est oppressé , et je sens ma douleur si profondément renfermée , que je ne puis la soulager par des larmes. Quel courage il faut, pour voir les auteurs de ses jours injustement captifs, sans pouvoir briser leurs fers!.. L'espérance!.. elle n'abandonne jamais les malheureux : elle nous soutient toujours plus que les maux ne nous accablent. Mon père, ma mère, mes sœurs, espérons.... Adieu.... Nos malheurs sont au comble , ils ne peuvent que diminuer. Je vous embrasse mille fois , et suis avec tendresse et respect ,

— G. WASHINGTON-LA FAYETTE.

F I N.

Pag. 7. lig. 17.

N. B. Les éditeurs feront paraître incessamment plusieurs ouvrages du même format qui completteront le volume.

On trouve à la même adresse

Lettre du duc de la Vauguyon au Prétendant, même format, 6 sols.

SOUS PRESSE.

Voyage à Saint-Domingue pendant les années 1788, 1789 et 1790, par le Baron de Wimpfen.

N. B. Cet ouvrage vient d'être traduit en anglais et a obtenu le plus grand succès à Londres. Ce n'est point la traduction de la traduction, c'est le manuscrit original qu'on imprime.

Je place la présente édition sous la sauve-garde des loix et de la probité des citoyens. Je déclare que je poursuivrai devant les tribunaux tout contrefacteur, distributeur ou débitant d'*édition contrefaite ; j'assure même au citoyen qui me fera connoître le* contrefacteur, distributeur ou débitant, *la moitié du dédommagement que la loi accorde.* Paris, ce 18 Prairial, l'an cinquième de la République française, une et indivisible.

On trouve chez les mêmes Libraires la Caisse
DES ÉPARGNES DU PEUPLE.

AVERTISSEMENT.

Le titre de cet ouvrage annonce qu'il intéresse l'humanité. On y démontre la possibilité de faire pour elle plus que des vœux. Aux preuves qui convaincront les géomètres, on a joint celles qui doivent entraîner le reste des hommes : le bien qui s'est fait est pour tout le monde une preuve du bien qui peut se faire ; et les caisses des veuves qui sont exécutées dans quelques pays, prouvent qu'en toute autre contrée, le même amour de l'humanité procureroit les mêmes secours.